菩提本無樹
明鏡亦非台
本來無一物
何處惹塵埃

身是菩提樹
心是明鏡台
時時勤拂拭
莫使惹塵埃

菩提大雞巴
心是紅蓮花
花開雞也大
花謝雞巴塌

馮唐

獻給LS

目錄

後記

附錄

序言

如今不是一個創作的時代

——寫給《不二》精裝版

馮唐

我在二零一一年五月十日晚寫完了長篇小說《不二》最後一個句子：「他完全看不見，他看得一清二楚，他覺得一切的一切和小時候一模一樣，本一，不二。」因為每次接着寫，我每次都從第一個句子開始速讀一遍，有感覺不合適的地方就馬上改，然後再開始新的章節，所以寫完最後一個句子，我知道，前面不會有太多差池。我趕在五月十三日生日之前定了稿，算是自己送給自己的一份四十歲生日禮物。我似乎在哪裏讀過，四十歲是多數男性荷爾蒙分泌的高峰，我趕在荷爾蒙開始走下坡路之前，記錄那些吱吱作響的感覺，趕着花開折枝，趕着火鍋開時涮肉。

在二零一一年，在香港出書是件很難的事兒，在香港賣書幾乎是件不可能的事兒。既然沒甚麼宣傳可做，做了也沒甚麼用，我樂得清淨，出版前後只做了一件事兒：把《不二》的電子版發給了三十個朋友，告誡他們不要外傳，希望他們看完能回答我兩個問題：有沒有生理反應？寫兩句觀後感，長短不限。在之後的三個月裏，我收到二十多篇觀後感，短則八百字，長則上萬字，我一一發表在我的微博上。我暗自慨嘆，有生理反應的比有觀後感的人少很多，當代文化人生活得好悽慘。

《不二》二零一一年七月由天地圖書在香港出版，至今七年了，這七年間，出版了二十五版，不間斷地霸佔了香港機場書店和香港誠品書店的排行榜，也不間斷地霸佔了有大量中文讀者出沒的台北、新加坡、悉尼等機場書店。七年之後，天地圖書要出《不二》的精裝版，讓我寫幾句話。

第一要說的是，這七年，我的確老了，或許是荷爾蒙水平下降，或許是見識提升，或許就是自然安排。一個明顯的例子是坐飛機出現顛簸的時候，竟然開始想到死。以前坐過那麼多次飛機，顛到尾椎骨骨裂，也沒有一次擔心過死亡。那時候堅信，盡人力知天命而天命必隨人願，那時候堅信，筆補造化天無功。如今，一旦飛機超過五分鐘的持續顛簸，肉身跳過大腦，直接害怕死亡。但在肉身害怕死亡的過程中，我想到，我已經寫完了《不二》，《不二》還在機場書店賣，忽然覺得活過了，已經賺了，肉身竟然在這一瞬間不再害怕死亡了，甚至昏昏睡去。

第二要說的是，七年之後，我做了一件這七年來從來沒做過的事兒，我又心平氣和地快速翻閱了一遍《不二》。我發現，《不二》最大的幾個成功之處是：我寫出了一本在我所知的中文裏極少見（或者乾脆沒有）的純粹而純潔的黃書，像池水、天空、眼眸一樣純粹或者龐雜，像初潮、初吻、初夜一樣純潔或者齷齪；我把中文表達的極限又努力地推了一推。一說就是錯，一句也是多，但是不說就不錯嗎？人類有比語言更好的溝通方式嗎？你不說我怎麼知道你不是個偽裝得很好的二逼？你拈花微笑我怎麼知道你不是一時間單純手欠呢？

還有一個自覺很成功的地方是，在讀個別章節的時候，我竟然偶爾還有生理反應。

《不二》的失敗之處也很明顯：我後五分之一收的太急了，一是過份追求「豹尾」的效果，二是太趕時間了；太追求靈魂深處的性愛分析，太忽略世俗的肉身滿足，《不二》不能提供最佳自摸模式閱讀體驗，在這點上不如《肉蒲團》和《金瓶梅》。

第三要說的是，為了這個《不二》精裝版，我訂製了各種北朝拓片，在拓片上面，用大筆寫了《不二》二十章每章的名字，用小筆寫了二十章每章觸動我最深的句子，還寫了神秀、惠能爭衣鉢時流傳下來的那兩個著名偈子，最後也寫了不二寫的那個我依舊認為更接近宇宙本質的偈子。寫好，裱完，掛起，紅的拓片，黑的毛筆字，還真挺好看。

七年就這樣過去了，我還是很懷念七年前寫《不二》時的日子。每天會，每天晚上酒，每天晚上第一頓酒後，推說精力不濟不能第二場酒，躲回住處再趕寫兩個小時，一邊趕一邊暗想，今晚的茅台是真的還是假的，如果是假的就去洗手間吐一下，第二天肉身會舒服些，如果是真的，就忍忍算了，不糟蹋好東西。

二零一八年四月六日

被抓住被創造被控制
被粉碎被毀滅然後成
為一個平凡的人

玄機於是歡喜行禮
轉身下山朝長安而去

不掛

尼姑玄機問禪宗第五代祖師弘忍：「你想看我的裸體嗎？」

這是唐高宗龍朔元年，西元六六一年。這一年，馮墓山上的恒春藤憋了很久才勉強黃起來。或許由於冬天過長，麻雀和灰雀從樹枝上起飛的時候，往往先向下墜落半尺，墜落過程中翻向天空一白眼，然後再一寸、一掌、一尺，加速飛起來，飛過樹梢，彷佛小腦和翅膀在一瞬間忘記了如何飛翔。

玄機已經進了東山寺的總門，和弘忍面對面站總門內的山門前。山門後的僧堂、眾寮、佛殿、法堂、方丈、得月樓、千手堂、觀音殿沿山蜿蜒而上。因為房屋的間隔拉得很開，最遠處的千手堂和觀音殿竟然顯得有些遙遠了，屋頂和牆面的磚瓦上生出

青苔，和山和林木遠遠地灰灰綠綠地交織在一起，彷佛從來就是山和林木的一部份。

玄機的目光越過弘忍的身體，看弘忍身後半空中的麻雀和灰雀，它們猶豫不決，反覆扭頭，迅速展開麻灰或者青灰的尾羽，又迅速合上，彷佛定不下來是投入弘忍身後的寺院還是玄機身後開始返青的樹林。麻雀和灰雀基本上不會邁腿走路，基本上都是兩腿一起蹦跳，或許是動作太快，兩次運動之間彷佛有漫長的間隔。牠們之間沒有明確的首領，在實際發生之前，無法預知，一群裏的哪一隻會帶頭飛起，也無法預知帶頭飛起的那隻會飛向哪裏。返青的雜樹彷佛是要佔據盡可能多的空間，枝葉橫斜，淺伸暗長，不顧姿勢地蔓開，躲開其他同類，但是在自己獨自到達的角落裏忽然發現已經重複了其他同類都服從的統一安排，每棵樹都長出盡可能多的枝葉在盡可能多地收拾起傍晚慢慢移動、漸漸收斂的日光。

玄機發現自己剛才輕聲的問話，在寺廟和麻雀和灰雀和雜樹之間顯得巨大，彷佛在她問話的一瞬間，所有鳥都不叫了，所有風都停滯了，彷佛一塊卵石扔進池塘，水淺，砸在水底的另一塊卵石表面，發出比石頭碰撞池水刺耳很多的聲音。這聲音隨着漣漪慢慢消散，消散到彷佛從來沒有被發出來過，傍晚的寂靜就在這時從寺廟和麻雀和灰雀和雜樹枝葉之間細密而豐富的空隙間升騰起來，從日光慢慢移動開和漸漸收斂後的空隙間升騰起來。

玄機的身體在絲綢的僧袍裏一動不動，她喜歡這種寂靜，她從來沒打算用喉嚨發出的聲音讓弘忍受到任何驚嚇。在這寂靜升騰的過程裏，弘忍的身體和寺廟一樣一動不動，彷彿麻雀和灰雀和雜樹是弘忍從未搖晃過的影子。

弘忍一直盯着玄機的額頭。玄機的額頭飽滿，額頭上沿滲出隱隱的青黑色的髮根，髮根發出和寺廟和麻雀和灰雀和雜樹都不一樣的味道，和自己脖子上奇楠唸珠的味道一起，一絲絲蜿蜒進鼻孔。在鼻腔裏混合而成的味道不像動物，也不像植物。

弘忍說：「你從甚麼地方來？」

「大日山。」

「日頭出來了嗎？」

「出來日天下和你和你媽媽。」

「你要到甚麼地方去？」

「搬到長安去。」

「為甚麼呢？」

「青苔浸上腳踝，在大日山已經感不到心亂了。」

「你叫甚麼名字？」

「玄機。」

「每日織多少？」

「每次日之前以及每次日之後，除了陰毛、腋毛、鼻毛、睫毛、眉毛、耳毛、汗毛，一絲不織，一絲不掛。」

負責打掃廁所的小和尚不二扒着靠近寺院外牆的廁所窗戶，透過窗戶上的孔洞仰脖一直看着山門前的玄機和弘忍。

玄機問弘忍要不要看裸體的那句話摑進不二的耳朵，彷彿一個拳頭打在不二的小腹，聽上去比百本經書包含的信息更多。不二在瞬間甩了掃帚，竄上廁所的窗戶，然後就聽到玄機一字一頓地講陰毛、腋毛、鼻毛、睫毛、眉毛、耳毛、汗毛。

東山寺的廁所建在山門外的西側，透過窗戶上的孔洞，不二完全看不到玄機的面目，甚至看不清楚玄機的胴體，馬馬虎虎有個玄機後身的輪廓，馬馬虎虎分出肩、背、臀、腿。但是不二看到有光芒隱隱地透射出玄機的絲綢僧衣，彷彿鬍鬘裏的玉簪，彷彿暗夜燈籠裏的燭火，彷彿雲彩裏的月亮，彷彿雨霧裏的山，彷彿個別抑鬱的女香客闔上眼皮的眼睛。不二想，玄機死後，燒了，如果炭好，火候控制得好，或許能有舍利子在骨灰裏面出現。初祖達摩從天竺帶來的舍利子，一直隱秘地藏在東山寺裏，為了避人耳目，一直被歷代當家方丈按照不同節奏變換埋藏的地點。不二入寺之後，弘忍就已經挪動過四次，每次不二都知道挪到了哪裏，每次不二都看到有光芒從埋藏的地點滲出，有時候是紅黃的，有時候是藍白的，有時候是絳紫的，每次不二都不說。不二想，就像熱水倒進茶壺，村民殺豬烤肉，和尚了悟了苦集滅道或者剛剛自摸乾射過臉上露出倦怠的表情，怎麼埋藏得住呢？

不二入寺已經五年，掃廁所已經五年，見過世面，透過廁所窗戶和門上的孔洞和縫隙已經見過很多上香的女客，有些甚至是非常近地端詳過。這些女香客上完廁所，一邊整理着身體和衣服以及服飾的關係一邊離開，不二從廁所周遭的孔洞和縫隙裏看到她們不同的部位，比如鞋頭上翻處繡的金花、肩頭垂下的絳紅披帛、黑而高聳的髮髻上歪插着的兩三把小而白的玉梳子，甚至看到金花花瓣上的塵土、絳紅披帛上的落髮、白玉梳子上薄薄的皮脂。但是只有這次，在沒有看清楚甚麼之前，在那句關於裸體的問話還沒有消散之前，不二的陽具就不管不顧地硬了，拽着不二的僧衣撞在廁所的牆壁上，激起一小團灰塵。不二扒着窗戶的雙手感到另外一種晃動身體的力量，不自覺地調整了一下，身體再度平衡。不二依稀記得，類似不涉及具體胴體的勃起是三個月前在廁所角落翻到三頁前朝手寫的淫蕩樂府，正盤算着甚麼時候合適躲進庫院旁邊的米倉、是用左手還是右手捉放自己的陽具，一陣山風從東山寺的背後吹來，不二的身體一陣痙攣和寒顫，陽具就從兩腿間冒出來。和上次不同的是，上次的勃起在痙攣和寒顫之後，陽具很快柔軟，順從地跟着兩腿躲進米倉，順從地被左手牽引出來，順從地被捉和被放。這次，在那句關於裸體的問話消失之後，玄機每次說出「毛」字和「日」字，陽具就再硬一點，再敲打牆壁一次，再激起更大的一團灰塵。

這次，不二在弘忍開口之前就看到了弘忍的劫數。

在馮墓山上，不二已經跟了弘忍五年，他知道弘忍喜歡的草木、雲氣、鳥、獸的共同特點，這些共同特點在不遠處那個叫玄機的胴體的背影上都有直接或者間接的體現。他回想起廁所角落牆壁上一幅只有兩筆的圖畫，他看得出是一個姑娘的胴體。儘管這兩筆的年代久遠，但是這兩筆的軟硬、乾澀、濃淡、以及削肩、收背、起臀、展腿與不遠處自稱玄機的那個尼姑的胴體一模一樣。雖然只是兩筆，但是兩筆裏任何一處，再仔細看，即使是曲線，也沒有一丁點軟弱無力的片段。不二一直覺得這兩筆的性情元氣不是慧能和神秀兩個少壯後輩大和尚所能達到的高度。不二當下完全確定，這兩筆圖畫一定是弘忍畫的。

弘忍這個年紀，臉上的皮膚和老太太一樣，本來早已經鬆弛而平軟。但是在前半月，弘忍的臉上開始長痘痘。大半邊臉不容分說地出了七顆，北斗七星一樣，四顆在下唇和下巴之間構建斗底，兩顆在右臉斜飛成斗柄，北斗星就在右眉邊。自從四十年前弘忍著名的痘痘消失之後，已經四十年沒有出現過了。

不二聽老輩兒和尚說，弘忍當初被父母送來剃度，就是因為年少時痘痘長得邪乎。十歲生日之後，弘忍的一張臉永遠紅彤彤的。痘痘旺盛的時候，身重一百斤，痘痘褪了之後，身重八十斤。痘痘旺盛的時候，貓瞄到他，掉頭就走，他睡午覺的時候，周圍從來沒有貓叫。那時候，城市裏不太平，城市裏的醫生拿手的也是刀劍傷、跌打損傷、傳染病為主，那些精細的怪病都被送到鄉下寺廟裏。其他因為痘痘長得過多而被送到寺廟來的小和尚，在素食、經書、重體力勞動之下，痘痘在三個月之內都褪了。弘忍進廟六個月，痘痘還紅彤彤地一臉一臉地開着。修佛的僧人多少會些醫術，又都閒得蛋疼，所以都積極地在弘忍的痘痘上試手。有些僧人說弘忍是陽盛，脈象重按細小、輕按反而實大，需要瀉火。有些僧人說弘忍是陰虛，脈象怎麼按怎麼是細弱，應該滋陰。說陽盛的僧人人數多些，年紀普遍大些，四祖道信沒發表明確意見，但是在聽陽盛說的僧人闡述時，眉頭舒展的時間長些。於是集體決定，治療就先從處理陽盛開始，從瀉火開始。苦味瀉火，之後一年，在持續瀉藥之外，給弘忍吃的素食只剩苦瓜，給弘忍背的經書只剩最難懂的大系列，《大般若經》和《大涅槃經》和《大日經》等等鳩摩羅什當初避而不翻的部份，給弘忍幹的都是給剛入寺和尚的苦活，打掃廁所、打掃浴室、打掃廚房，開墾荒地、開墾野林、開墾新教區。下雨的時候，讓弘忍去佛殿前的空場裏淋着打坐，收集觀音殿東面毒龍池蓮花葉面上的雨珠，煎陳茶，冷喝。天冷了，不許蓋厚被子。入冬，下雪了，讓弘忍光了腳在雪地裏走，就着雪，嚼開敗了的梅花。持陽盛説的僧人一致説，從晉朝就這麼治的，堅持到底，寒香入心骨，一定有效。弘忍堅持了很長時間，每天基本只靠大便就可以排出身體需要排出的水份，用不上出汗或者小便。弘忍的周身甚至產生出了一個有質感的苦的氣場，那種質感介於氣體和液體之間，介於初祖達摩面壁七年和八年之間。弘忍因為這種氣場被派了各種明確的用途。眾寮不夠用了，需要限制新來和尚的數量，就讓弘忍去接待要入寺的新和尚，一半以上的新和尚，見過弘忍之後，晚飯之後，洗乾淨了粥鉢，悄悄離開禪寺。參苦諦的時候，相關經文由弘忍宣講，多數的和尚，沒聽完就懂了，有些甚至在弘忍沒開口

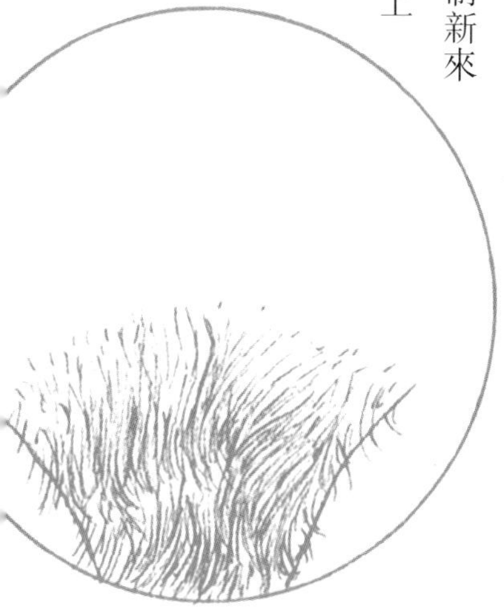

之前就懂了。圓寂一直是技巧性非常強的一項技法，用意念殺死自己要比用意念移動樹葉和茶杯困難很多，和意念改變天氣的難度類似。對人生稍有貪戀的老和尚，必然在圓寂和苟活之間掙扎，一生的修為在這種掙扎中迅速消失。四祖道信通常安排或許會出現掙扎的老和尚上得月樓，讓弘忍繞着他們打坐的蒲團轉圈，多數的老和尚在之後的一個時辰裏自行停止呼吸。花開花謝，燕來燕去，七個老和尚在弘忍的幫助下溫順地圓寂了，弘忍的痘痘還是紅彤彤地照耀着，不顯一點頹勢。一個受了弘忍幫助馬上實現圓寂的老和尚在圓寂之前呈現巨大的慈悲相，簡單坦誠陽光地告訴弘忍，手淫吧，世上萬物相生相剋，比如楊梅吃多了腹瀉，但是楊梅泡的酒卻能止瀉，比如杏仁有毒，但是杏殼卻能解毒，試過了這麼多瀉火的方法，或許真正管用的就在你自己左手或者右手的掌握之中。弘忍嘗試了，又嘗試了，多次嘗試了，嘗試成了習慣，臉上的痘痘紅到了黑紫，十成熟的時候，甚至不用擠，甚至風一吹，臉上湧出一豆一豆的黃白油脂來。弘忍臉上的油脂在東山寺造成了比春花盛開更大的影響，很多尚未了悟的和尚在不知不覺中沾染了擠痘痘的癮，先擠自己臉上的，再要求擠其他和尚臉上的，直至用各種直接和間接的方式暗示弘忍，希望能擠他臉上著名的旺盛的痘痘。對於弘忍的治療到了這個時候，陰虛說又開始抬頭，說事實證明，不是陽盛，是陰虛。

弘忍被逼着多睡，少言，吃芝麻、糯米、綠豆、藕、馬蘭頭、大白菜、黑木耳、銀耳、豆腐、甘蔗、李子、桃子、西瓜、黃瓜、百合、山藥。半年之後，弘忍的痘痘還是紅彤彤的，但是肩、腰、臀、腿開始有了一些姑娘才有的珠圓玉潤，這是陽盛派和陰虛派都沒有想到的。忽然一天，弘忍的痘痘不見了，東山寺內外的貓狂叫起來，就像不知道為甚麼這些痘痘來得那麼兇猛一樣，也無法解釋為甚麼它們褪得那麼決然。四祖道信說，弘忍了悟了，衣鉢傳他。

老輩兒和尚閒聊說，弘忍這次在四十年之後重新長痘痘是不是因為今年春天來得太遲了，蟲子被憋死了，心蟲長出來。不二問，你們怎麼能證明它們的因果關係呢？這個人間存在因果關係嗎？老輩兒和尚說，滾，大和尚說話，小和尚別瞎插話，掃你廁所去吧。不二現在想，老和尚們怎麼能排除弘忍的痘痘不是因為預見到玄機這次到來的一種表達？弘忍的痘痘不歸弘忍管轄，弘忍身體的預測能力也不歸弘忍負責。

廁所距離山門太遠，除了玄機後半扇胴體的大致輪廓，不二看不清楚其他。但是不二被這大致的輪廓、玄機反覆發出的「日」字還有玄機僧袍裏發出的光亮摑打得太堅決，各種感覺變得比平日裏敏感千萬倍。不二感官的開關，也不歸不二管理。

不二聽見弘忍右腳大腳趾敲打靴底，左側大腿縫匠肌強直，整個陰囊上的毛孔收緊，陰毛金剛樣炸開，陽具佛塔樣強直，馬眼處溢出少量液體，黏着在僧衣內側，拉出細細的游絲，彷佛竹枝上的水汽緩慢凝聚成露珠，慢慢滾到竹葉的末端，在末端徘徊，滴下，又不滴下。

不二聞見玄機青細的點點滴滴的髮根，在此間茁壯生長，刺激毛囊，毛囊分泌出微細的汁水，汁水發出和竹子拔節完全不同的味道。玄機的乳房隨着呼吸起伏，上上下下摩擦絲質僧衣，黏在僧衣絲線之間的味道被撣開，一小團一小團地散落在玄機周身。玄機的小腹收緊，皮膚浮起淺薄的汗滴，彼此疏離，但是幾乎同時蒸發，發出和髮根不同的味道。陰毛如菩提樹葉一樣搖曳，陰戶如蓮花樣開闔，陰唇早已濕潤，不乾不坍，彷佛陰雨天荷葉背面的絨毛附着的一層淡淡的水汽，發出毫不突出而又持續的味道。這種嗅覺是如此真切，彷佛不二的鼻子尖貼着玄機的皮膚，慢慢從頭頂的髮根到口唇、到乳溝、到腋下、到小腹、到陰戶、到大腿內側，微微噏扇的鼻翼撩過玄機的陰毛、腋毛、鼻毛、睫毛、眉毛、耳毛、汗毛。

天在這時開始下起若有若無的雨，鳥不叫了。儘管是早春，也有粉紅和鵝黃的花瓣飄落，和雨水一起覆蓋地面。有風從遠處的林梢吹來，發出比雨水更響亮的聲音，從側面拍打玄機的胴體。玄機看到弘忍陽具撩起的袈裟，袈裟下的膝蓋骨形狀非常熟悉，蒼老而年輕，皮和骨頭之間彷彿沒有任何肉或者油脂的存在。玄機聞到泥土被打濕的味道，感到一種深度毀滅的可能，彷彿落英、敗葉、朽木在林間仔細腐爛，一寸寸變成灰，滲入山體。

「被抓住，被創造、被控制，被粉碎，被毀滅，然後成為一個平凡的人。」玄機於是歡喜，行禮，轉身下山，朝長安而去。

弘忍看玄機走出三步，她的肩胛骨起伏，說：「你袈裟的衣角拖着地了，被弄髒了。」

玄機回頭，低頭，側目。

弘忍轉身入山門，一邊對身後的玄機說：「你這也叫寸絲不掛？吹牛屄啊？你母親貴姓啊？沒會走先學跑，山上風大，長安多貓，別瞎雞巴叫了。」

你看你啊你喜歡女人
女人好啊真好想着都
覺着好穿衣服不穿衣
服都好看着好面着好
摸着抱着插着那就更
不用提了那是真的好

風寒

日光漸漸收攏來，五丈之外，不分人樹。弘忍沒有馬上回寺廟，而是慢慢走到總門外。總門外，野草、雜樹、重雲，月不能光。

不二使勁斜眼，從廁所南牆的牆縫中還勉強能看見弘忍的側影。弘忍解開僧袍，佛塔一樣的陽具斜出，陽具末端的馬眼比肚臍眼還高，馬眼和肚臍眼一起，張望外牆外稍遠處的雜樹。

不二只能看到弘忍的後背，看不到弘忍的眼睛，不知道是開着還是閉着。不二看到弘忍緩慢張開雙臂，在一陣戰慄中精液從馬眼噴射而出，撞擊不遠處的樹幹，樹幹搖動，四、五片還沒長結實的樹葉脱落。雨逐漸變大，打濕樹幹，夾帶樹幹上的精液

流向地面。不二接着看到弘忍第二次戰慄，雙臂繼續張開。

「甚麼是佛家三寶？」弘忍的聲音從遠處傳入不二的耳朵，不響亮但是非常真切，彷彿飛進不二耳蝸的幾隻小飛蟲。

「你問我？」

「除了你，誰還在扒廁所的牆壁？」

每個要當和尚的剛到東山寺，弘忍都反覆勸阻，想來沒來的，最好別來，來了的，最好回去。好死不如賴活着。佛的門檻很高，門框很窄，世俗中的快樂，終生享受不盡。如果在沒有享盡之前就死掉，絕對是種好死。弘忍平常話不多，但是勸人在山門之前轉身回去的時候，基本上背離禪宗懷疑文字和清通簡要的態度而陷入天竺和身毒冗長的佛學論證，基本上言談舉止就是個嘮叨的老太太：

「你看你啊，你喜歡喝酒，但是東山寺裏沒有酒，酒毛都沒有。酒多好啊，天上、地下、天地間都沒有，人造出來的，神送給人的。來自於地的營養滋潤，天的雨露澆灌，開始是植物，但是釀成酒之後，沒有一點植物的樣子，最好的粟米酒竟然有刀子的金屬味道，最好的葡萄酒竟然有女人褻衣的淫騷味道。幹再重的活兒，喝一罈，筋骨都鬆快了。有再煩的事兒，喝幾盞，心裏都過去了。如果你求解脫煩惱，酒比佛好，酒快得多。佛是這樣，越是有事兒，他越不幫你。你越不找他，他找你，捅你的良心。這個呢，你要諒解，佛的精力和時間有限，你求佛解決你那些那麼具體的事兒，你想佛把你老母的腳氣治好，你想佛把你的鄰居兒子廢了，佛忙不過來。求佛不如求酒。」

「你看你啊，你喜歡女人。女人好啊，真好。想着都覺着好。穿衣服，不穿衣服都好，看着好，聞着好，摸着抱着插着，那就更不用提了，那是真的好。尤其冬天，屋外冷，屋裏也冷，抱個女人，腦袋埋在她兩奶中間，腿放在她兩腿之間，暖和啊。你呢，如果是你女人跑了，不要絕望，我大唐，每一天都有很多女人出生，總有你能睡的，願意跟你睡的，好男兒何患無妻？找十六歲的，如果難，就找六十的。找屄緊的，如果難，就找生了四胎的。屄緊固然好，屄鬆也有屄鬆的好處，你要的時間長啊，寬敞啊，一不留神，整個人都鑽進去了。白花花的大腿，水靈靈的屄，真的留不住你？東山寺裏沒女人，女浴室都沒有，母羊都沒有，母雞都沒有。即使有，也不夠分，即使夠分，輪到你，你也六十了，基本不需要肏屄了，基本分不清楚男女了。」

「你看你啊，你貪財。貪財好，甚麼都沒錢好。你有錢，錢就是你親兒子，比你親兒子還親，你攢了它，它就一直在，你花了它，它都不說個委屈。有了錢，你比皇上還皇上，天天喝酒，天天睡黃花閨女，想讓誰叫你爹，誰就叫你爹。你呢，如果一時沒了錢，連稅都交不起，別煩，這只是一時的，你商業判斷這麼好，世事洞明，人情練達，三角眼尖尖的，下巴上長不出鬍鬚，一定能有錢的。但是你再有錢，到了東山寺就甚麼也不是了。沒酒，沒黃花閨女，誰都是你爹，還有可能被其他和尚愛上。和尚也是人啊，你這麼帥，你老婆喜歡你吧，你情人喜歡你吧，有些和尚也是這麼想的啊！如果你被和尚瘋狂愛上，我一不留神，看守不住，你的嘴就變成了屁眼，你的屁眼就變成了菊花。你說，你何苦呢？」

這樣苦口婆心都勸不走的，弘忍就焚香，在新來的腦袋上點十二個點，燒戒疤，讓他們成為真正的和尚。

「若燒身、燒臂、燒指。若不燒身、臂、指供養諸佛，非出家菩薩。」

本來，可以不燒十二個，可以只燒九個。弘忍偏要燒十二個，而且弘忍的香特別粗，十二個戒疤就是一腦袋的戒疤。燒一個新來的，整個東山寺人皮燒焦的味道，盤旋一整天。咬定受戒的人，燒小一半兒，燒到前六個戒疤，聞到自己皮肉的味道在周身盤旋，基本就一聲慘叫，跑出山門。遇上暈倒的，弘忍從來不趁着他們沒有知覺，將剩下的戒疤燒完。弘忍從來都是停下來，喝喝茶，枯坐一陣，等他們醒來。他們醒來，通常的第一個問題是，還要燒幾個？弘忍從來不說，沒幾個要燒了，就快燒完了。

弘忍從來都說，還有好些個要燒呢。這些醒來的人，往往一聲慘叫，也跑出山門。日子久了，東山寺附近聚居了不少人，頭皮上有一到十一戒疤不等，人數比東山寺的僧人多好幾倍。這些人中間，兩點的看不起一點的，三點的看不起兩點的，四點的看不起三點的，依此類推。但是有兩個例外。一個例外是從一點到十點的，都看不起十一點的。一點到十點的，看到十一點的，先是強忍，沉默一小會兒，然後是忍不住地笑，「傻屄啊，哈，傻屄啊，哈，真是大傻屄啊，哈哈。」

十一點的當中有一個被罵急了，成了另一個例外。

這個十一點知耻得勇，去買了比香更狠的蠟燭，買來的蠟燭比東山寺弘忍的香還粗，小孩兒胳膊一樣，又在自己頭頂燒了兩個大疤瘌，近距離看，半拉腦袋被烤糊了，自號弘父，又號十三點，和周圍山民的小孩兒就直接介紹，「我是弘忍他爹。」

弘父說他在燒最後一點之前曾經短暫地暈倒，短暫到旁人幾乎無法覺察，但是他在那個暈倒過程中經歷了比他前十三世都多的事情，他告訴眾人，他曾經有一世是蛇，黃色的，土地一樣的黃；有一世是鷹，藍色的，天空一樣的藍；還有一世是火，五顏六色但是無一不明亮的火。成為火的那一剎那或者那一生，弘父聞到了一種奇怪的糊味，類似頭皮上燒戒疤的味道，但是淡些複雜些，彷彿靈魂中的邪魔被燒成香灰，失去這點重量之後，弘父身體異常輕快起來，漂浮起來，如果他願意，他可以漂浮到半空，在樹梢之上飛翔。自從成為火的那一世之後，他心中就一直有一股長明的火，能指引，能治癒，能創造，能消滅，能呵護。天上的火是太陽，火通過陽光而萬里穿行，而揉搓地面，而入地下，為氣、為液、為凝冰。他在天地之間，心中的火是天火和地火交織而成的，是能量的轉化，是比天地之火更高級的能量，即使身體被毒蛇咬死，屍體被蒼鷹吃掉，那火還是長明的。

弘父在燒他的蠟燭快要熄滅之前，引燃另外一支蠟燭，在這支蠟燭熄滅之前，再引燃第三支蠟燭，如此，讓火長明不息。弘父在做這番說法的一年之後，周圍聚集了十五個人，幫他購買蠟燭，養鷹，打掃房間，沐浴他身體，抄寫他的言論集。這些人裏，有腦袋上燒了一到十一點的，也有普通山民，甚至有來自身毒、天竺、大食和安息的胡人，這些胡人往往熱衷於抄寫弘父的言論，他們抄出的弘父言論集往往比弘父自己的言論要多數倍，要精妙數倍。十年之後，弘父披着白袍，白袍裏一支燃燒的蠟燭，後面跟着一百多各種髮型和膚色的人，走進長安城。弘父在金光門內，西市以北，波斯胡寺和醴泉寺以南，建立了一個祆祠。

那些最終進了東山寺的，等戒疤痊癒之後，弘忍都和他們單獨坐坐，有時候喝茶，有時候不喝茶，基本都談幾句話，最後給每一個人都明確一個入處。

幾乎每個人的入處都不一樣。弘忍說，每個入處都是通向世間的終極真理。

有個聾子，叫王文，罵他的話，他從小就聽不見。弘忍寫字問他，你聽得見西溪的流水聲音嗎？十聾九啞，但是王文會說話。王文說，聽不見。弘忍再寫字問他，你聽得見西溪的流水聲音嗎？王文說，聽不見。弘忍踹王文心窩一腳，傻屄，再聽，你聽得見西溪的流水聲音嗎？王文說，這次好像聽見了，聲音大得響徹心窩，聲音裏一股胃酸味兒，一股腳臭味兒。弘忍說，對了，這個就是你的入處。

弘忍給神秀的入處是一個雞骨白的玉環。弘忍對神秀說，這個玉環比隋、比漢、比商周更古老，你得把玉環看得通透如新玉，這個玉環就是你的入處。腦子清醒着時候，神秀就一直讓自己的肌膚貼着這個玉環，就磨搓。唸經的時候，左手拇指和食指磨搓，吃飯的時候，夾在膕窩裏磨搓，手淫開始的時候，玉環套在尚未勃起的陽具上，周圍陰毛繚繞，磨搓，陽具壯大之後，玉環陷進陽具根部的皮肉裏，磨搓，因為被勒緊，射的時刻延遲了很多，但是總會到來，射的時刻，精液頂起玉環勒緊的球狀海綿體肌，磨搓。沒有大腦意識的時候，神秀偶爾會夢見這個玉環。有時候玉環的中間被填滿，亮潔如月，有時候玉環稍稍變形，面圓如婦人，肉韌如女陰，有時候玉環就是玉環。有一晚，神秀夢見玉環的雞骨白消失，變得無比通透，醒來，玉環的確通透了，雞骨白褪成紅沁，玉環顯現出黃綠的岫玉的本色。從那之後，神秀就拿這個玉環當成袈裟環，隔着袈裟，磨搓。

弘忍給慧能的是一把炒菜鏟子，對他說，你得把蘿蔔炒出肉味，這個鏟子就是你的入處。慧能從不炒蘿蔔，他拿手的是豆腐。弘忍給了慧能炒菜鏟子之後，慧能還是不炒蘿蔔，從來只炒豆腐。三年之後，弘忍問慧能，蘿蔔炒得如何了。慧能說，有了肉味。弘忍問話的第二天，慧能炒了蘿蔔，蘿蔔裏全是肉味。蘿蔔在被炒之前，被慧能用肉汁泡了一天一夜。多年不沾葷腥的和尚們出現了部份嘔吐、輕度腹瀉，之後出現了普遍的對於肉的思念，圍着毒龍池唸了《圓覺經》三天，同時把慧能扔進毒龍池，泡了三天。三天之後，慧能被人從毒龍池裏撈出來，身體泡得像大白蘿蔔一樣，陽具泡得像小白蘿蔔一樣，隱隱有股腐朽的肉味。

弘忍給不二的入處是一把笤帚。弘忍說，你要把廁所的地面掃出沉香的味道。這個笤帚就是你的入處。

不二問：「為甚麼進來的每個人要有個入處？」

弘忍答：「因為進來的每個人都想成佛。」

不二問：「為甚麼給我的入處是個笤帚而不是一個女人屁股？」

弘忍答：「給你笤帚是因為東山寺偏巧缺個打掃廁所的。不給你女人屁股是因為東山寺沒有女人屁股。」

不二問：「哪個寺廟有女人屁股？」

弘忍答：「任何一個寺廟都沒有女人屁股。」

不二問：「女人屁股不是個入處嗎？」

弘忍答：「是個入處，但是是個非常驚險的入處，常人隨便進入，必死，必偏，必亂。」

不二問：「那你給我笤帚，我掃廁所的時候，看到坑位，就想到人蹲在上面，就想到女人有時候也需要蹲在上面，好看女人有時候也需要蹲在上面，蹲在上面的時候通常都要露出屁股。好看女人也有屁股，屁股也是兩半的，大便的時候，也需要分開，露出包裹的孔洞來。所以，你給了我一個笤帚，我還是有了女人屁股，很多女人屁股，那怎麼辦呢？」

弘忍答：「自墮魔道，和入口無關。」

不二問：「為甚麼每個人的入處都不一樣，還能一樣成佛？」

弘忍答：「因為世界是棵倒着長的樹，下面是多個分岔的入口，上面是同一個根，這個根上坐着的，就是佛。」

不二問：「多數人走不到就死了，他們看不到佛，他們幸福嗎？」

弘忍答：「佛和幸福沒關係。」

不二說：「世界不是你說的這樣，世界不是棵倒長着的樹。」

弘忍說：「你怎麼知道？」

不二說：「明擺着。世界是兩棵長在一起的樹，上面是一個樹根，下面也是一個樹根。最下面，最上面，是同一個樹根。這同一個樹根生出枝幹，這些枝幹又長出無數分岔的入口，這些分岔的入口又匯合成上面同一個樹根。本來是佛，盡頭是佛。你說的佛，是我說的盡頭佛。你只說對了一半，你忘記了本來佛。」

弘忍不說話。

不二說：「這個不難。我從本來佛直直地、癡癡地、楞楞地走到盡頭佛，記不得上個剎那的事兒，不計劃下一個剎那的事兒，一直走就是了。彷彿我身體裏有個陽具，身體外有個陽具，其實，它們是相通的，它們是一條直路上的。你別管陰毛，它們是太多的分岔，一直走，就能從身體裏的陽具走到身體外的陽具，從馬眼走到馬眼，我走到了，就走到佛了嗎？還是我一直是佛，從來就沒有不是過？」

弘忍說：「去去去，掃廁所去。」

在掃廁所的間隙，不二還是讀佛經的，所以佛學基本概念還是有的，不二回答弘忍的問題道：「佛家三寶是佛、法、僧。」

「為甚麼是這三寶？」

「佛是道路，法是規定，僧是團隊。有了這三寶，一個團隊按着一定的規定走在道路上，就是一股幸福而強大的力量。」

「我再問你一遍，甚麼是佛家三寶？」

「禾、麥、稻。」

「為甚麼是這三寶？」

「我們天天用。」

「我再問你一遍，甚麼是佛家三寶？」

「弘忍，我的答案告訴過你了，別驢一樣傻屄一樣反覆問我。我問你，弘忍傻屄老和尚，甚麼是佛家三寶？」

「糧食、婦女、床榻。」

「為甚麼是這三寶？」

「我們天天觸摸。」

「你沒摸也射了。」

「我摸了。」

「你也教教我你的魔法摸法吧。婦女不在眼前，手不摸，還是能射。這個我不會，這個比較實用，比較乾淨，很有樣兒，神氣兒。」

「你先學吃飯的時候吃飯，睡覺的時候睡覺，自摸的時候自摸，自摸到時候了，射。等你這等神通學會了，再學用手指射，中指射最容易，然後是拇指，修煉到最後，十指隨意而射，非常神氣。這之後，你再修射而非射，就是說你射在你自己身體裏面，化精為血、化精為氣，你能長壽。而你看到的我這種，婦女不在眼前，手不摸，還是能射，是太高深的修為。」

弘忍反覆提及射和摸，不二不由自主地想到玄機，一陣山風從廁所門繞進來，泠泠楞楞地撞擊不二的腰，不二一陣痙攣和寒顫，陽具於是勃起。

不二記不得玄機的面目，因為他本來就沒看清楚

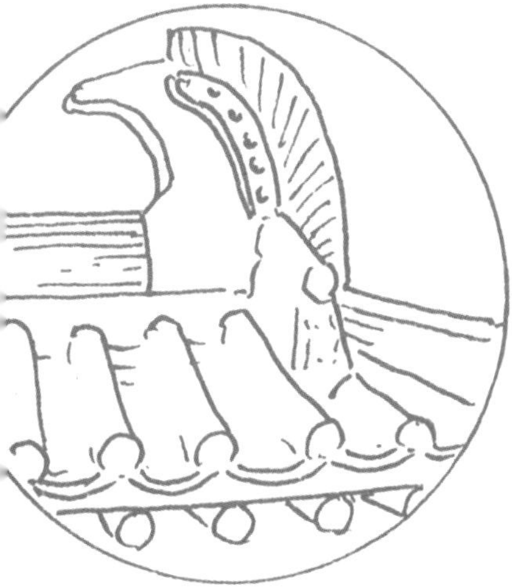

過。但是，不二回憶起對於玄機的嗅覺，甚至觸覺，儘管他或許從來就沒聞過和觸摸過玄機。這些嗅覺和觸覺，蓮藕一樣，水草一樣，雲彩一樣，風一樣，在變動，在還原，在生長，在形成，它們有自己的生命，它們只是借一個所在，和不二無關，和不二的腦袋無關，和不二的記憶無關。

在這自己生長的嗅覺和觸覺中，不二用陽具最頂端的馬眼嗅聞玄機，觸摸玄機。不二的陽具手指一樣從印堂到神庭到百會到風池、從耳尖到懸顱到承靈到目窗、撫摸玄機的頭頂，頭頂上青硬的髮根刷刺不二的包皮，不二的包皮漸漸壯大、漸漸被撐薄、同時漸漸感覺到玄機髮根的生長，生長成濃密而沉重的髮髻，髮髻層層包裹不二的馬眼、龜頭、繫帶、包皮、陰莖、陰囊，陰囊上的陰毛和玄機的頭髮糾纏在一起包裹不二整個的陽具，陽具在滑膩的髮髻中反覆抽送，抽送中髮髻分合，分合多次後髮髻漸漸散亂，散亂地糾纏着拉扯着捆綁着不二的陽具，陽具在重力的幫助下將玄機的頭髮完全梳散，梳散開的頭髮分出清晰的髮際，髮際指引着不二的陽具觸摸玄機青白的頭皮，頭皮上一絲絲彎垂的髮根在陽具持續的抽送過程中持續地翻撥陽具的表皮，表皮下的深筋膜隆起、淺筋膜隆起、靜脈隆起，隆起讓表皮更加嫩薄，嫩薄地摩擦玄機順滑而通順的頭髮，頭髮一絲一絲橫着勒進陽具頂端的馬眼，馬眼內的皮膚漸漸由淺紅變成紫紅，紫紅地噴湧出精液，精液黏稠地衝擊玄機散開的頭髮，頭髮滑順地引導精液慢慢流到髮梢，髮梢觸摸玄機的肩膀，肩膀上精液慢慢凝固，凝固的過程中玄機在凌亂的頭髮裏抬起臉慢慢看了不二一眼。

玄機的這一眼讓不二的精液汩汩地湧出，沒有觸摸，沒有噴射，但是已經全部湧出。「這一切僅僅是想到了玄機並不存在的頭髮，弘忍的魔法摸法真的有魔法嗎？」不二心裏想。

不二對弘忍說：「是你修為高深，還是玄機的胴體太好，還是你的劫數到了啊？弘忍老和尚，你吹牛屄啊？」

不知道喜歡你甚麼
實在不知道 如果確
定知道喜歡你甚麼
是不夠喜歡你 因為
不確定具體喜歡你
甚麼 所以喜歡你所有
一切及其它

咸宜

玄機走到距離長安城將近三十里，聞到撲面而來的惡臭，玄機知道是人的味道，距離佛比較遠的人的味道。

玄機離開大路，找了一棵楊樹，吐了幾小口。一時，風吹過，玄機的下體乾乾的，樹葉全部向一個方向轉過去，銀晃晃地白。玄機想起初讀佛經的日子，把戲文夾在經卷中走神兒，一邊讀，一邊背誦，一邊在腦子裏想像那些纏綿，偶爾上眼皮打一下下眼皮，困一下下。太陽將落，經卷在眼前從銀白變到金黃，風將楊樹一半的葉子翻過來，金白耀眼。

好久沒聞到這麼多人味兒了，差別心還在，長安來對了。玄機一邊想，一邊興高

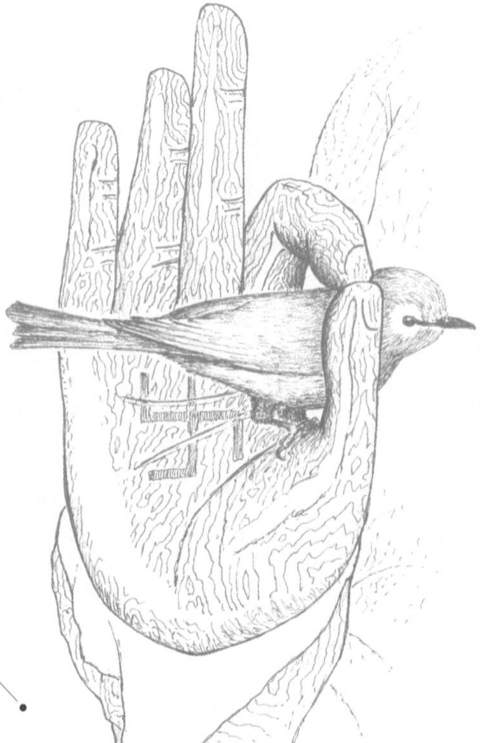

采烈地走進長安城。

玄機在長安城東北角找了一個小院子安頓下來。

玄機找地兒的標準如下。第一，不大，半畝左右，在女弟子綠腰和紅團的幫助下，玄機能把院子中的一切收拾到無可挑剔。第二，有樹，或是合歡或是梧桐，樹下有紫藤，樹上有戴勝，玄機可以早上被鳥鳴和花香叫醒。第三，有山，窗戶裏可以望見，走路不遠可以到山腳下採摘新鮮的大麻、薺菜和罌粟。第四，靠近韓愈宅院，如果玄機、綠腰和紅團用某種特定的音頻説話或者叫喊，叫菜、叫酒、叫佛、叫詩、叫春、叫床，如果韓愈在自己的宅院裏，無論讀書裏、沉思裏、飯裏、酒裏、夢裏，能夠聽到。

長安城的前身是大隋朝六十年前建成的大興城。

大興城是宇文愷帶人建的。

包括宇文愷在內，宇文愷的團隊中，三分之一漢人，三分之一胡人，三分之一漢人和胡人的雜種。漢人是黑眼珠兒，胡人是藍眼珠兒，一部份雜種是黑藍眼珠兒，另一部份雜種的左眼是黑眼珠兒，右眼是藍眼珠兒，還有一部份雜種的左眼是藍眼珠兒，右眼是黑眼珠兒。和貓和騾子和其他事物一樣，人一旦成了雜種，情況就複雜起來了。

因為這種複雜的團隊組合，大興城選址時充份考慮了東西關係。位置足夠西，東方女人和財貨的吸引力大過對於路途遙遠的恐懼，足夠的胡人牽着駱駝扛着陽具過來。位置又足夠東，輕騎兵向東向南幾天疾行，就能在洛陽和荊州洗馬燒殺。北山秦嶺環抱，八水繞城，秦川多谷，宜居，易守。

建城時用漢人的皮兒包了胡人的餡兒。

皮兒是按《周禮》擀的，棋盤一樣用道路劃出一百零八個坊，每個坊又被十字街和另外四條街道分割成十六個地塊，十字街的四個端口，分別是坊的東、西、南、北四門。這一百零八的坊數是《周禮》規定的。頭是太極宮，皇帝住着，心臟是皇城，百官衙門呆着，左奶是太廟，祭祖先，右奶是太社，祭政權，雙手是金光門和春明門之間金光大道，雙腿是朱雀門和明德門之間的朱雀大道。在雙腿根部，陰莖和陰囊的位置，是朱雀門。這些安排也是《周禮》規定的。宇文愷仔細閱讀《周禮》，沒有發現《周禮》明確規定城市陽具的顏色，想起小時候穿的鮮紅的肚兜，和肚兜下的雞雞，於是挑了紅色。勃起時，小鳥飛翔，由黑黃的肉色變成蓬勃的生命的紅色，朱雀。不算北邊的禁城，東西南邊一共有九個門：通化門、春明門、延興門、啓夏門、明德門、安化門、延平門、金光門、開遠門，彷彿人的七竅加上肛門和尿道開口，明德門就在朱雀大道的盡頭，彷彿尿道開口處的馬眼。這些安排也是《周禮》規定的。

餡兒體現了胡人的習慣。高檔的建築普遍使用大理石，好些建築用了三、四十年還像新的一樣。每個坊都有城牆，把坊圍起來，彷彿西方的城堡。平常，只有一個南門開放。如果某個坊的四門大開，只有兩種情況，一種情況是着了大火，另一種情況是謀反叛亂。就是這個南門，晚上也很早關閉，一旦關閉，就不會為任何人打開。這個規定是宇文愷制定的，號稱是為了防止盜賊，真實的目的還是為了防止串通謀反叛亂，夜後、酒後、女人的懷抱之後，男人心裏的牛屄作祟，一陣恍惚就會以為生命苦短，眾生平等，想到謀反。這個規定也是借鑒了西方的管理經驗，城堡一鎖，想謀也沒機會見面說話，想反也殺不進來。

這個規定實施後的副作用之一是徹底改變了百年以來妓院的操作模式，副作用之二是徹底引發了隋唐詩歌的興盛。

隋朝以前，長期戰爭，城市妓院往往輕資產，十來間簡易房屋，偶爾備些簡餐，不鼓勵談愛情，不鼓勵詩詞歌賦吹拉彈唱，不設客房。大致洗洗，在炮房裏掰開腿就肏，肏完之後，擦擦身子，吃完一碗熱的羊肉燴面，回家給父母請安，抱老婆，體力好再肏一次，體力不好直接睡覺。那時候男丁成批被打死，女人多，妓院的收費方式是計次，射一次收一次的錢。在妓院裏肏生屄，容易興奮和緊張，高潮到來的時間往往很短，一炷香還沒燃完半截，雞巴先灰軟了。一間炮房，平均一天用上二、三十次，最高的紀錄是七十一次。二十間炮房配四十個女人，投入少，周轉率高，錢掙得快。隋朝太平了之後，負責城市日常事務的部門希望人民生活得雍容一些，改變妓院的收費方式為計時收費，從進門到出門計時，不管期間射幾次。為了防止那些憋了一年，一炷香能射七、八次的，通常的習俗是，如果在一炷香的時間內射得多過一次，每多一次，多給姑娘們一貫錢。如果在這段時間內除了肏屄，還作了詩，姑娘們認可是詩，就可以不用交多射的錢了。市政官員都是文人出身，俗事纏身後，還是想念以前飲酒、肏屄和浪詩的日子。詩雖然毫無用途，但是如果沒有詩，心裏就空洞洞的，身體也飛不上去，也安靜不下來。

宇文愷是城市建設出身，他沒管過城市日常事務，他先考慮的是安全部門的要求，在大興城建成之後，設立了坊門入夜關閉的規定。國家和城市過大之後，不同部門出台了很多自相矛盾的規定。這些規定從各自的角度看完美無缺，合在一起缺德冒煙，生孩子沒屁眼。這些規定的內在矛盾沒有任何協調機制，誰的拳頭大，最後就服從誰，安全部門的拳頭比城市日常事務部門大。坊門入夜關閉的規定實施之後，給嫖客很大的心理負擔，能肏完再肏的，只能肏完就完，能持續一個時辰的，擔心走晚了露宿街頭，用最刺激的體位，最快捷的節奏，力爭一百抽之內了事。一些妓院倒閉了，剩下的一些妓院為了攬生意，適應市場變化，紛紛開始開設客房。後來對於長期的大客戶，挖了一些地道，從妓院直接通到他們的住處。這些地道漸漸聯通起來，有寬有窄，四通八達，成為大興城下面另外一個城市。隋朝太短，這個地下之城沒有造成很多麻煩。但是在唐朝，在之後數次安史之亂級別的重大謀反叛亂中，這些妓院的客房都充當了暴民聚合點，這個地道網絡都起到了傳遞機密信息、運輸人員、武器甚至小型馬匹和戰車的作用。這些，其實也有西方的教訓可以參考，很多城堡就是被地道搞垮的，最初挖的時候是為了情人幽會，之後就被革命所利用，這一點，由於山高水遠，消息閉塞，沒有及時被宇文愷充份了解。

宇文愷在頒佈這個制度之前，一個左眼珠兒黑右眼珠兒藍的雜種提醒了宇文愷這種風險的存在，宇文愷仔細端詳了他一陣之後問他，你想像力怎麼這麼豐富，你媽和你爸是不是肛交生下了你？

李世民右眼珠兒黑左眼珠兒藍，進了隋朝的大興城，基本沒動，改名叫長安城，然後心底坦然地住進了皇城。

李世民不怕前朝鬼祟，胡人簡單，從小殺人侖鬼，雜種人生觀強大，美女本無心，雞巴大的爽之，天下本無主，拳頭大的居之。進大興城的時候，男的基本死光了，女的基本沒法兒看了，戶籍典籍文書都收繳到安全的地方了，在皇城的玄武門也把大哥和三弟殺了，親手殺的，連捅九刀，面目都確認了三次，還能有甚麼困擾呢？也有幕僚建議，大興城是古蹟，文物，第一次對於《周禮》的全面實踐，應該徹底保護，應該在舊城的東北角再建設個新城。李世民說，屁，天下初定，吐蕃和匈奴還精強，也沒錢再修另外一個城，你是楊家還是吐蕃還是匈奴派來的？

治平十幾年之後，長安城成了天下第一大城。聽老長安人介紹，有一百零八個里坊，六十萬人口，號稱百萬。之大，之眾，之龐雜，中國第一，天下第一。

這六十萬人中，五十萬本地居民，五萬官兵，兩萬流動人口，兩萬和尚和尼姑，一萬胡人。胡人的成份複雜，昭武九姓、波斯、大食、突厥、日本、高句麗、吐蕃、天竺、回鶻。波斯人最多，建的祆教寺院包括弘父那個就有五座，景教和回教只有一個。玄機不喜歡祆教，祆教黑白分明，一個陽神一個陰神，陰神總鬧事，陽神總能制伏陰神，憑甚麼啊？玄機痛恨回教，女的如同擺設，鎖在院子裏。玄機覺得景教很討巧，有前途，如果你信奉耶穌基督，世間的苦難，他都替你受了，你流流淚就沒事兒了，太搞笑了。

長安城從朱雀門到明德門，一條南北的朱雀大道，從金光門到春明門，一條東西的金光大道。一百零八個里坊被兩條大道切成四塊。玄機初步挑了挑，有四個里坊基本符合她的條件：永樂坊、長壽坊、永興坊、長樂坊。永樂和長樂的名字不好，整天樂呵，比整天下雨整天大太陽還煩，傻啊？玄機也不喜歡長壽，她三歲起懂事兒，很早就完全明白，長壽招辱。每次高潮之後，玄機都禁不住想，在這時這刻死了算了，風會將楊樹一半的葉子翻過來，金白耀眼。玄機搬進永興坊之後才發現，挑對了地方，走不遠就是長安城的東市，買東西方便，西面緊鄰皇城，清淨。

院子四面房間，玄機沒怎麼動，只是打掃乾淨。院子中間是個很小的花園，玄機安排人，一橫一豎，挖了一個十字池塘，池塘裏零星種了些水蓮。水是神秘的東西，你說，湖水，從哪裏來的？為甚麼不消失到天空或者土地裏呢？

第一次在教坊玄機遇上韓愈，韓愈說她像水。玄機當時想，韓愈的確是傳說中的才子啊，和土流氓文人不一樣，誇人也不用花名，胖些就說像牡丹，瘦些就說像臘梅，不胖不瘦的就說像玉蘭，誇人也不用死鬼名字，說你像西施啊、貂蟬啊、褒姒啊、妲己啊，形容得那叫細緻啊，奶頭啊、屄毛啊、腰啊，彷彿他們見過似的，即使沒見過也摸過似的，即使沒摸過也肏過似的，秦始皇焚書坑儒，活埋了這幫土流氓。

像水，聽上去新鮮，仔細一想，甚麼也想不出，忽悠人呢，而且都不知道他是在誇你還是在罵你。想久了，似乎又非常有道理，似乎誇到了她所有的好處，濕潤了她所有縫隙。韓愈第二次回來教坊找到玄機，對她說，我前世見過你。玄機說，你昨天見過我。韓愈說，每次見面、分開，和另外一世有甚麼分別呢？玄機心想，真騷，說，好吧，我下幾輩子都會見到你，明天、後天、大後天，你再過來看我吧。

然後需要解決的問題是傢具，得先坐下，得能躺下，唸經，寫字，暫時失去意識。

玄機去找雲茂。

雲茂不是做傢具的，雲茂原來是寫詩和做武器的，為大唐王朝立過大功勞。雲茂長了一張瓜子臉，下巴很長，鬍子稀疏，小時候受過驚嚇，長期睡眠不好，身體瘦削。雲茂最初的詩接近屈原一路，悠長的句子拐來拐去，裏面摻雜很多花草、神仙和多數人不認識的詞兒，所有詩都寫給心裏唯一的皇上和雞巴記得的唯一的邪屄。武器方面，雲茂設計過一種戰地運輸車，材料裏摻了很多竹子和藤，車身非常輕，而且不變形，甚至還設計了為拉車的驢和矮種馬遮雨的摺疊傘。驢和矮種馬都喜歡拉雲茂車，私底下常常誇他，長得像驢像馬，都打算來世再做驢做馬報答他。雲茂還設計過一種雲梯，一邊帶倒刺，另一邊有助力，攻城的時候拍到城牆上，帶倒刺的一邊就死死釘在上面，城牆不倒，雲梯就絕不倒。從隋朝末期到唐朝初期，隨着戰爭的進展，城市易手頻繁，越來越多的城牆上釘着雲茂梯，波斯商人寫信回國，說中國人越來越重視城市在重大災難時候的市民疏散設施。雲茂在戰爭後期的頂峰之作是雲茂球。雲茂利用齒輪裝置把動力貯存在巨大牛筋裏面，這種動力可以把一個巨大的球形竹簍從城外直接拋射到城中央的敵方指揮所。一個雲茂球可以乘坐四個帶刀武士，一次發射，四個武士裏大概有兩個以上可以活着落地，繼續戰鬥。死的武士中，一小部份是被嚇死的，大部份是被摔死的。為了減輕雲茂球的重量，防護墊沒有遍佈整個雲茂球，落地時沒趕上防護墊的武士就被摔死。沒被嚇死和摔死的，在一定程度上也收到了高度驚嚇和摔碰，又看到身邊被嚇死和摔死的同伴，腦子常常出現恍惚，他們殺出雲茂球，往往神勇，不分生死，狀如瘋魔，刀出如風。這個效果，不是雲茂設計的。

戰爭基本結束之後，雲茂要求退役，想告老還鄉，雲遊四方，特別對於龜茲和尚鳩摩羅什講述的西方眾多小佛國感興趣。雲茂想用《詩經》和《離騷》的語言方式來嘗試翻譯佛經，或許能超越鳩摩羅什翻譯的《金剛經》、《摩訶般若》和《妙法蓮華》。雲茂喜歡鳩摩羅什的翻譯遠遠勝於玄奘等等漢人僧侶，他長時間地好奇，一個胡人，一個不是從小使用漢語的胡人為甚麼能翻譯得比最好的漢語學者更好。後來雲茂聽長安譯經處的和尚們偷偷說，鳩摩羅什譯經的時候要時不時地飲酒、肏屄、浪詩，玄奘譯經的時候水都不喝，狗都不屌，雲茂就不奇怪了。雲茂讀過佛經，他認同，表達就是錯誤，說一，一定漏萬千。眼耳鼻舌身意，文字不是最好的方式，但是文字比起其他一切介質來說是更好的方式。文字都不直接指向，但是比其他直接指向的都全面，可變，最接近真相。再說，唱歌能有幾個人聽見？雕佛能有幾個人觸摸？所以文字是最好的方式。「如來說世界，非世界，是名世界」，翻譯得多騷啊，一點漏洞都沒有，漏開一點點，瞬間堵上，「我肏你，不是肏你，是名肏你」。

為了闡述關於佛教語言，雲茂做了兩首詩，都叫《金剛》，其中一首如下：

莊嚴佛土者
即非莊嚴
是名莊嚴
歡喜你
即非歡喜你（的手的頭的眼的臀的胸的面的笑的屄）
是名歡喜你

在此時此刻，雲茂心中大愛瀰漫。「不知道喜歡你甚麼，實在不知道，如果確定知道喜歡你甚麼，是不夠喜歡你。因為不確定具體喜歡你甚麼，所以喜歡你所有一切及其他。」

雲茂向朝廷發誓，遇到任何敵人，或者非友非敵，絕不洩露軍事機密，但是長孫無忌說，你本身就是軍事機密，比一百個雲茂球都更重要，儘管我們信你，剁你手指你不招供，但是，讓兩個龜茲美女嘬你雞雞，到一半停下來，兩個美女一起看你一眼，你不用逼，就招了，記得當初，你就是這麼向我們招的。所以大規模戰爭結束之後，雲茂一直在長安被限制居住。在西北角靠近醴泉寺的一處院子呆着，有吃喝，有大麻和罌粟抽，不得出門，不得動紙筆畫圖紙，不得和胡人交談，常常有官家派來的和尚向他宣傳早死的各種好處和自殺的多種方便法門。有四個帶刀武士看門，同時照顧雲茂的飲食起居。這四個帶刀武士在過去的征戰中都坐過雲茂球，都有兩個以上的軍中兄弟死在雲茂球裏，經歷過近在咫尺的空中死亡，腦子裏有印象。他們通常非常沉默，偶爾活躍，說着說着就失去邏輯，狀如瘋魔，拿刀到處亂砍，刀出如風。四個武士都刀出如風的時候，刀風搖動梧桐，院子裏非常陰涼。

三年裏，雲茂一句佛經也沒翻譯出來，原來背誦熟練的《詩經》和《離騷》也常常忘記一些不太精彩的句子了。

雲茂問玄機，你幹嘛找我？

玄機說，做傢具。

雲茂說，我只會做武器，傢具應該去西市或者東市買，西市款式新鮮些，胡人眾多，雕琢海藻葡萄紋或者天馬火球紋。

玄機說，我想你做些不一樣的傢具，你善用竹木。

雲茂說，我為甚麼給你做啊？

玄機說，你需要勞作，否則腦袋和雞巴都先得長綠毛。

玄機去取傢具的時候，雲茂說，這是給你做的雲茂椅，沒有圖紙，他們不讓我動筆，我給你做了兩把，長安城以前沒有，現在也只有兩把，全大唐也只有兩把，都是你的了。一把是木頭的，楠木的，一把是竹子的，毛竹的。我不收錢，不好定價，你也用不着嘬我雞雞，如果我被嘬爽了，我出不了門，你又不能經常來我這兒嘬我，或者忙啊，或者佛法啊，或者你沒那麼喜歡我啊，反正不能常來，我就慘了。總不能讓這些瘋魔武士幫我嘬吧？他們嘬開心了，瘋勁兒上來，靴子裏拔刀出來，割掉我雞雞，我撒尿的傢伙都沒了，我還得幫自己做個竹子的撒尿雞雞，這個不是很美好。這樣，以後，別人問起來，這個是甚麼，你就說，這是雲茂椅，這是雲茂椅，這是雲茂椅，說三遍，就算是報答我了，就夠了。

那是一把優美、完整、繁複而簡潔的椅子，簡潔到想不出哪片竹木可以省去，完整到彷彿坐進去可以呆一輩子，屎尿不出，柴米不進。椅子的下面有可以拉出的腳墊和滾軸，椅子上面的椅背可以前後調節角度。

雲茂說，這個椅子，椅背完全調直，可以坐，椅背完全放下，可以臥。

玄機問，還可以做甚麼？

雲茂問，你怎麼知道還可以做甚麼？

玄機說，否則就不是雲茂了，否則你就早超越生死了。

雲茂說，還是武器，你掰開這個防護栓，你按這裏和這裏，它五個方向可以發射飛鏢，三米之內，沒有人能躲開。你這樣的尤物，一定有人為你瘋魔，如果你不為他瘋魔，他又非要瘋魔，你可以殺了他，或者威脅殺了他。

玄機問，還可以做甚麼？

雲茂問，你怎麼知道還可以做甚麼？

玄機說，否則就不是雲茂了，否則你不會還想得起雞巴被嘬爽不爽這件事兒。

雲茂說，還可以肏。本來我可以輕鬆按個機關，你坐着或者躺着的時候，有個竹子或者木頭的雞巴伸出來，後來，我想，竹子的或者木頭的，一定沒有肉的舒服，不是人肉的吧，怕你不習慣，也不好保鮮，人肉的吧，你又不缺，所以沒安裝。

說完，轉身，雙手反向抓住椅子的扶手，面朝椅背，屁股向外，菊花盡量朝天，還前後扭動了三下，彷彿身後真有個男人在肏他。然後扭頭看玄機，呵呵，笑了兩聲，臉上露出超過年齡很多的光芒，算是做了個示範。

玄機說，還可以有另外的肏法。

玄機說完，把椅子調節成躺臥狀態，身子躺上去，揚臉看雲茂，雲茂在玄機的身後，玄機的睫毛很長，臉粉白均勻，蓮花開了，沒有一絲破綻。玄機說，比如你現在，站在我腦袋後面，我的嘴高過我的鼻子，我的鼻子高過我的眼睛，我的眼睛倒看着你，你的雞巴橫在你的卵袋上面，你把雞巴水平地塞進我嘴裏，伸展到我的喉嚨，你的眼睛看得見我的奶、稍遠些的我的屄、更遙遠的我的小腿，還有我的腳跟。你的卵袋搭在我鼻子上，你的手來嘛，抓住我乳房。如果我還有頭髮，頭髮散開，可以直直地垂在你兩腿之間，直垂到你腳面。因為雲茂椅設計的角度好，你的雞巴可以一直平平地伸進我的喉管，伸得很深，直到你整個卵袋都填進我的嘴。你雞巴在我喉嚨裏水平抽送的時候，太深了，我喊不出來，我只好看着你，看不到你，只好看着你的雞巴，反着看着，在我鼻尖上，眼睛上，水平進去，水平出來，再進去，再出來，你說它既然進去了，為甚麼還要出來？既然出來了，為甚麼還要進去？然後，你的雞巴就飽滿了，被我口水浸飽了，彷彿湖裏的木頭，你的水要出來嗎？你要還我的水嗎？你的卵，左邊比右邊低垂，為甚麼呢？它們離你的雞雞還沒有我的嘴離得近呢？你雞雞裏的水是它們擠出來的嗎？我看它們，它們也看我，它們想留着那些水不給出來嗎？你雞雞上的血脈充滿了，原來皮膚還可以變得這麼薄，如果我用牙齒刮一下，你的血會不會比你的水先出來？你會痛嗎？你想痛嗎？你想死嗎？你想活嗎？你想你的水出來之前活着還是想在你的水出來之後死去？如果我用牙齒再刮一下，你的雞雞就會飛出去吧？飛到哪裏？飛到我喉嚨裏？飛到我肚子裏？你的雞雞被你困在籠子裏多久了？你的雞雞飛不起來，讓你的水出來吧。怎麼出來都可以，射在我頭髮上，如果我還有頭髮，我的頭髮滑，你的水會順着流到土裏。沒頭髮了，射到我臉上吧。我的舌頭長，沒覺着我的舌頭纏了你雞巴三圈，在我的嘴裏？我的舌頭放走你的雞巴，你的雞巴射在我臉

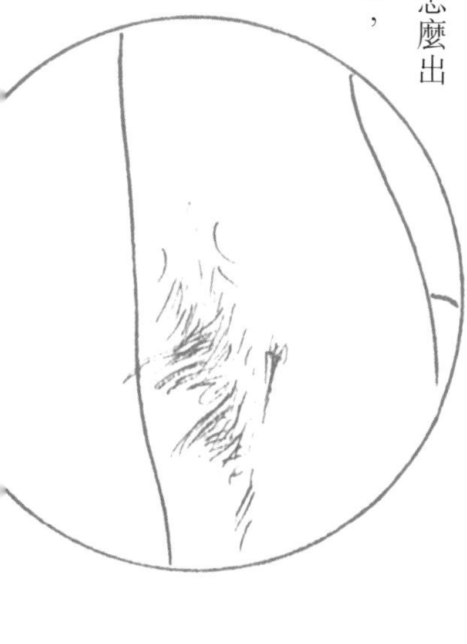

上吧，我的舌頭再把你的水從臉上舔進我的喉嚨來。要不然就直接射在我喉嚨裏，我的喉嚨被訓練過，我的喉嚨含得住你的水。你的水在我身體裏，我放你走，我走，我離開你的院子，我跳上我的馬車，回到我的院子。我關上門，我吐你的水在我的中指上，我放我的中指和你的水到我的屄屄裏去，信不信，我能生出小雲茂？然後我就徹底忘記你。你的水，生十個小雲茂用不了，剩下的，我澆灌到院子裏的合歡樹下面，合歡樹的枝幹裏花裏也就有你雲茂了。等小雲茂長大了，雲茂的合歡樹也長大了。我讓小雲茂用雲茂合歡樹再做一把雲茂椅，但是那時候，雲茂椅給哪個女人坐呢？雲茂，雲茂，雲茂，我叫了三遍，你想射在我哪裏？

雲茂看了眼玄機一泡水一樣的臉，喊，武士，你們媽屄的怎麼不瘋魔了？你們的刀呢？送客，送客，恕我不遠送了，我雞巴直了，我邁不開腿了。

玄機搬回雲茂椅，盤腿坐在上面，草紙卷了大麻，抽了一棵，定了定神兒，給院子起了個名字：「咸宜庵」。毛筆寫了，黑黑地貼到院門。

玄機又寫了一紙公告：「玄機佛理詩文候教天下」，黑黑地貼到院門。

這時候，雨下起來，因為有合歡樹和紫藤，落到玄機身體上的雨水很少。雨落到樹的周圍，打壓浮沉，玄機聞到離地一尺左右的土氣，腥腥的。趁着還有一點點餘墨，玄機扯了一張淺粉色的宣紙，小楷寫了一首詩：

《贈鄰》

羞日遮羅袖，
愁春懶起妝。
易求無價寶，
難得有心郎。
枕上潛垂淚，
花間暗斷腸。
自能窺宋玉，
何必恨王昌。

綠腰頭髮多而長，散開委地，能當毯子蓋，能當鏡子照，和玄機沒出家之前有一拼，眉眼兒裏有些兇狠和混不吝，每天可以是最後一天，和玄機在教坊的時候有一點點像。玄機讓綠腰嘗試了一個長安西市上旬開始流行的新髮式，雙環望仙髻，兩個對稱半圓髮環，中間插金箔的六瓣梅花。最裏面穿圓領窄袖藕色衫，上罩絳紫寬袖衫，最外面罩一件大翻領團花半臂，下着曳地玉色長裙。全是紗質，儘管多層，還是薄透，身體一動，裏面肉光潤黃。

玄機讓綠腰這樣香香裊裊地把詩箋送給隔壁的韓愈，黑黑地攤在他的書案上。如果碰見韓愈，丫這個流氓，韓愈會想像綠腰頭髮散開委地的樣子，以及如何雙手抓了，陽具從後面插進去。玄機很久以前，第一次被韓愈插，韓愈就是用了這樣的姿勢。

那是他們第三次見面，韓愈和她談了三個時辰他心目中竹林七賢的座次排名。韓愈用了孔丘說的六藝為評價維度：禮、樂、射、御、書、數。韓愈說，演變到唐朝，禮可以說是儀表舉止，樂是彈琴，射是個人衝鋒陷陣的能力，御是帶隊伍的能力，書是寫字作文，數是謀劃決策。然後沿着這些維度，逐一細細嘮叨七賢中每一個人的高下。玄機看着韓愈嘴角泛起細微的白沫，嘴唇浮起硬的白皮，沒細聽他的邏輯分析，等他的嘴不再發聲之後，說，這七個人，房中如何？阮籍到鄰家美婦人喝酒，喝酒，看一眼再喝酒，總是不肏，是不是有病呢？是襠裏有病還是心裏有病？讓美婦人多失落啊？他們都是斷袖之友嗎？他們七個斷袖，橫着一排，手拉手在街上走，想想都好笑。我能理解女的和女的，抱在一起，手拉手，或者一前一後，騎在一匹馬上，甚至同時肏一個男人，但是想起男的和男的，我就想笑。韓愈笑了，一把抱住玄機，說，我是心裏有病，我是借着嘮叨文學和歷史，掩飾自己的緊張，我在你面前很緊張。玄機說，那你襠裏怎麼還是軟的？韓愈說，飲酒時聽你彈《水仙操》就硬了，心裏背了好一陣《左傳》才軟了的，剛剛才軟了的，現在又硬了，讓我插插你吧。

韓愈沒等玄機把衣服褪全，左手抓了她的頭髮，右手扒拉扒拉她的裙裾，雞巴急忙從後面自己摸索到屄口，徑直插了進去，彷彿清了清花朵上帶的葉子，直接湊鼻子到花上去。

第一次，玄機沒讓韓愈射在裏面。韓愈雞巴非控制顫抖的一刹那，玄機烏龍絞尾，鯉魚打挺，站了起來。玄機把臉湊到韓愈的雞巴上面，「射在我臉上，射在我眼前，射在當下」，「每次被顏射，每次我第二天精神煥發」（千年之後，科學發現：精液中包含了aboutonia抗壞血酸、鈣、氯、膽固醇、膽鹼、血型抗原、檸檬酸、氨酸、脫氧核糖核酸（dna）、果糖、glutathione、玻璃酸、肌醇、乳酸、鎂、氮、磷、鉀、嘌呤、嘧啶、丙酮酸、鈉、山梨醇、精液素、精液、尿素、尿酸、維他命b12，還有鋅）。「你是不是把我彈的《水仙操》聽成《水仙肏》了？」

等韓愈的緊張過去，玄機在韓愈的耳邊說，你說了三個時辰，我最喜歡你最後一句，讓我插插你吧。韓愈說，儘管我媽是個母夜叉，你還是嫁給我吧，好嗎？

院子大致收拾好，玄機在紫藤架下支開禪床，放個錦墊，開始日修的功課。

一掛沉香唸珠慢慢數，數一個唸珠，剝落一個念頭。拇指和食指搓摩沉香唸珠，有沉香隱隱升起，彷佛身邊蔓蔓長起細細的蘭草。數了二十八顆，每顆竟然都和韓愈有關。「我寫了一百首詩，在大日山呆了三年，以為剝落了。」玄機加快了剝落唸珠的速度，韓愈漸漸消失，「玄機佛理詩文候教」這八個字相關的念頭開始浮出。「這是長安啊。多少禿頭的和尚在琢磨佛理？多少長髮的少年在寫七絕七律？多少禿頭和尚和長髮少年會騎着胯下的陽具探望咸宜庵？」快數到一百零八的時候，弘忍的陽具撩起袈裟，露出膝蓋骨，和韓愈的一模一樣。然後，一百零八顆沉香木唸珠數盡，玄機從一重新開始循環數起。

就算所有雞雞都被吓死
了就算所有鳥鳥都被吓
得關门了我们不是被
吓大的我還可以一小船
一斗笠坐在二哥的睪丸
上舉著大哥的陽具
我也是一個人我就是
所有人我就是我们我们
三位一體人倫天倫也

意淫

不二的父母五年前沒把他送到遠征高句麗的唐朝軍隊而是送到了弘忍的東山寺。

不二俗姓柳，家裏世代為官，男孩兒抓周，沒有不抓璽印的。不抓璽印的都偷偷殺了或者送人了。幾個世代做官之後，家裏的錢多得不二下三輩子都花不完。不二的爺爺是當朝的大太監。不二爺爺的官兒在柳家的歷史上不算大，但是影響最大，能夠影響大唐帝國的后妃廢立、關鍵人事任免、戰爭賦稅等等決定。皇上李治說他腦子清楚好使，內心的雞巴很挺，襠裏又沒雞巴，沒慾望，有擔當，沒有仕途掙扎，非常中立，沒有私心，不結黨營私，又完全不信佛，所以沒有其他地方好去。總之，這樣的

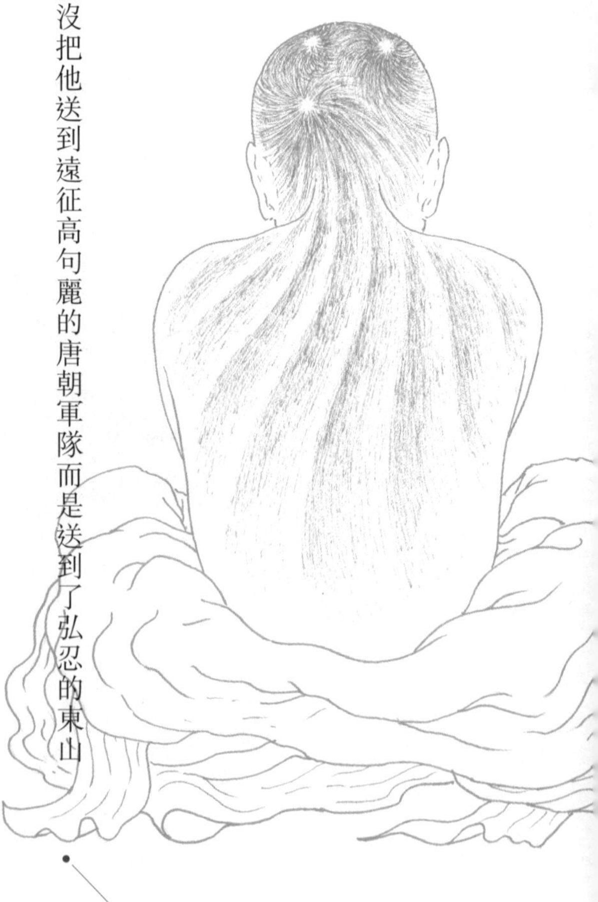

人太難找了，李治非常信任他。

不二的爺爺早慧，不會説話之前，聽一遍古箏曲高山流水，以後的哭腔都是高山流水的片段。早發育，在一歲之前，雞巴長得一直比兩條腿長。抓周的時候，不二的爺爺穿了一身紅，上面繡蔓草和折枝蓮，據説是漢朝繡的，傳穿了多代。不二爺爺沒抓地毯上擺的東西，爬着，跳着，扯不二祖爺爺別在腰裏的官印。不二祖爺爺當晚喝了很多，喝多了，賦了兩首七絕，在自家院子的白牆上，醉書四個字：悲喜交加。

不二爺爺十歲那年秋天，祖爺爺決定送他入宮，輔助這一決定的支持性分析厚過《三國志》，使用了上百塊的龜甲和牛肩胛骨，其中預測了門下省、中書省、尚書省的權利失衡、集賢院和翰林院中低級文官的崛起以及宦官作為距離皇帝最近群體的當權。文件中甚至預言，今後兩千年，將來平均每三個皇帝中就有一個被宦官謀殺，其中柳家參與的多於一半。此文件被妥善地藏在家祠地下，同時埋的還有一顆佛牙舍利。

不二的爺爺當時還不完全懂得雞巴的用途，入宮之前，問不二的祖爺爺：「入宮之後，我的人生有啥改變啊？」

「在宮外，你再大些，你看見美女，就會充滿慾望，你想抓住她，蹂躪她，把你的雞雞掏出來給她看，讓她摸摸，讓她摸挺了，讓她嘬，讓她嘬硬了，然後把她弄得亂七八糟的，然後你會悵然，覺得人生虛無，男的和女的，搗鼓半晌，嗷嗷怪叫幾聲，有甚麼雞巴意思？但是，再過幾天，你又想把你的雞雞掏出來給她看，讓她摸摸，讓她摸挺了，讓她嘬，讓她嘬硬了，然後把她弄得亂七八糟的。這件事兒，只要雞雞在，人基本明白不了，就像鳥有翅膀，基本不明白為甚麼要飛翔。但是在宮外，你看不到太多美女，因為一等一的美女按道理都應該在宮裏，天下的好東西按道理都應該在宮裏。在宮裏，你可以看見無數的美女，但是你已經被切乾淨了，沒有慾望了，你想把一切收拾得乾乾淨淨，從心外到心內，你想到的只有修身、齊家、治國、平天下，天下，天下，只有天下。」

不二的爺爺沒全部聽懂，祖爺爺說的這些屁眼話似乎前後矛盾，而且祖爺爺有個傾向，總思考他死後很多年之後的事情。他樸素的理解是，入宮之後，他如今看到美女之後的反應就都沒有了，所以他現在看到美女，想做甚麼，無論是掐掐臉蛋還是往她衣領裏丟隻死鳥還是把她弄得亂七八糟的，就應該馬上做甚麼，否則就來不及了。

當天晚上的月亮非常圓，勝過所有的燭光，好些狗狂叫，叫得眼角和嘴角都流出淚水來。不二的叔爺是個精通天文的史官，據他推算，那天的月亮是三十二年中最圓的，這種時候，老人想起過去百年的事情，小孩兒夢見未來百年的事情。不二的爺爺在那天晚上遇上不二的奶奶，她正在河邊溜達，原來她媽就常常在這個河邊溜達。不二的爺爺不知道她是哪裏的，不知道她有多大，也不知道她叫甚麼，他看到不遠處樹下一隻白狗從後面騎上另一隻白狗，把下面的白狗弄得亂七八糟的，然後上面的白狗嘆了一口氣，他也嘆了一口氣，這是他人生中嘆的第一口氣，他的胯下一熱，不想丟死鳥，也不想僅僅掐掐不二奶奶的臉。不二的爺爺忽然變得力大無窮，跑過去，撲倒不二奶奶，擰了她的手臂，反轉過來，靠着一棵樹，白狗一樣從後面騎上去，把不二奶奶弄得亂七八糟的，然後嘆了一口氣。

不二的爺爺進宮之後，經過不二家族的安排，不二的奶奶被接到不二家，生下了不二的父親。不二的爺爺成為大太監之後，這個事件被改成不二的爺爺和不二的奶奶同年同月同日生，桃花竹馬，瓊琚木瓜，手都沒摸過，但是不二奶奶在不二爺爺進宮之後，立志不他嫁，拿着不二爺爺送的桃花、竹馬和瓊琚、木瓜，懷了不二的爸爸。這個事件被簡稱為宮外遙孕，有野史把它和當年泰山挖出會説話的玉石魚、南海捕出藏着菩薩像的蛤蜊，並稱人瑞、山瑞和海瑞，合稱三大祥瑞。

不二的父親成人之後，很快走入仕途，左挪右上都是不醒目但是實權在握的位置，管教育啊，管醫療啊，管銅礦啊，管酒。生了三個兒子，每個都體現出祥瑞的力量。不二大哥的陽具巨大，柔軟的時候可以繞腰一周充當腰帶，出門不需要帶防身武器。不二二哥的睾丸巨大，走路習慣性膝蓋彎曲，腰椎間盤很早就因為負重而勞損而突出。唯一看上去正常的就是不二，陽具不大，睾丸不大，甚至比正常的都要小一些。但是不二的腦子彷彿繼承了爺爺的衣鉢，從懂事開始，看見所有直立的事物就想起勃起，然後自己跟着勃起，扁擔、樹木、旗杆、筷子、髮簪、佛塔、擀麵杖等等，看見所有敞開的事物就想起陰戶，然後自己跟着勃起，山洞、城門、婦女的嘴或者耳朵或者鼻孔或者眼睛或者婦女髮髻的縫隙等等。

不二的爸爸和不二的爺爺密談了數次之後，不二的爸爸切了不二大哥的陽具，讓他走上爺爺的宦官生涯，補充爺爺的力量，爺爺越來越老、越來越發達，精力、時間、身份都不允許他知道很多底層的細節了。不二爺爺聽到的話都是好聽的話、別人認為他想聽到的話，裏面假話、空話、廢話佔絕大多數，不往死裏打，不灌三斤龜茲葡萄酒，基本聽不到真話。哪能都往死裏打？哪有那麼多葡萄酒？聽不到真話，如何作出正確的決斷？

不二的父親切了不二二哥的一個睾丸，讓他和自己一樣，走上科舉的文官道路。不二的父親本來可以讓不二的二哥走一條更直接的道路，比如直接走關隴貴族世家常走的世襲道路，反正長子已經入宮，比如託人進入管理南方財政的鹽鐵司或者管理北方財政的度支司，但是不二父親清楚意識到，如果從比例來看，科舉出身的年輕官僚中有更大的雞巴、更強的野心、更茂盛的陰毛和詩才，這些人是唐朝的未來。

不二的父親請了最嚴厲的私塾先生教育不二。四書、五經、前四史，龜茲語、梵語、新譯本《金剛經》，洗刷不二的腦袋。「背不出或者背錯了，我就抽你，我小時候就是一個虐待狂，我抽死了我爸，我抽死了我媽，我還是一個變童癖，現在還是。」私塾先生說。

「先生，這個『抽』字用得太淫蕩了，會紅腫嗎？會熱痛嗎？」

「我抽不死你！我抽不軟你！」私塾先生一頓爛打。不二看到先生的鞭子想到陽具，看到院子裏半開的小桃花想起陰戶，小小的，緊緊的，粉粉的，自己掰着自己，向陽而開，於是勃起。

那是一個巨大的勃起，比書房的假山還猙獰。不二對私塾先生苦笑，說，先生，我是個被動的人，我有甚麼辦法？和我有甚麼關係啊？

私塾先生和不二的父親談過，不二的聰明和他兩個哥哥不一樣。私塾先生說：「不二唸書慢，比他兩個哥哥都慢。但是他用心，他用腦子，他讀書像是殺人，讀完了，就說，丫不過如此，世無英雄，豎子成名。之後，他的見識的確比這些書上的見識高。讓不二背書，他遠遠不如他兩個哥哥，常常背不出或者背錯。但是，給他一首他沒讀過的詩，遮住幾個字，他總能填出來，而且常常填得比原詩還好。我看，你們家積德，出妖魔聖賢了。四書、五經、前四史，龜茲語、梵語、新譯本《金剛經》能量不夠，洗不掉他腦子裏的雞巴，您還得想想其他辦法。」

不二很感激他的大哥和二哥。大哥腦袋頂上有一個旋兒，橫。二哥腦袋頂上有兩個旋兒，擰。大哥的橫，把他老爸的打都擔過去了。大哥被打急眼，罵，你丫再打，再打啊，你信不信，再打我就是你爸？二哥的擰，把不二想探索的事兒都先探索了，百折不撓。最開始，二哥挑戰的是酒，偷了老爸的葡萄酒和夜光杯，喝了一大口，人就倒了，把夜光杯當成夜壺，尿了，然後又吐了，吐了個葡萄酒泡飯。不二把二哥拖到床上，踹了他一腳褲襠，又踹了他一腳小腹，再沒有尿流出來，放心了，慢慢喝剩下的葡萄酒。喝到七杯的時候，夜光杯開始閃爍，不二拎着杯子走出房子，屋外小星閃爍，不二坐進夜光杯裏，說，你丫下來，砸死我吧。後來二哥嘗試的是色。老爸忍了很多年，終於招了個六房，小腿和腰長得漂亮。老爸老了，前五房又都有經驗，知道怎麼讓他來兩次，再來一次。所以老爸到了四房五房，基本就殘廢了。老爸不傻，終於有一次，趁着前五房中間有三房月經的時候，喝了鹿血，挺到六房，拉開門簾，看到小腿和腰，又殘廢了。二哥架着老爸回去，也看到了小腿，不知道老爸為甚麼又殘廢了。二哥自己找個空兒，獨自去看，六房說，你進來看。後來，二哥對不二說，你必須看，儘管沒甚麼好看。不二問二哥，你看到了甚麼？二哥說，她一下按住了我的腦袋，我抬眼的時候滿眼都是水，兩邊是大腿，甚麼都沒看見。大哥和二哥都不知道後來不二看到了甚麼，老爸送不二去寺廟的時候，大哥和二哥看到六房拔了頭髮上的金簪，往自己腰裏的肉裏戳。

不二有三個旋兒。三個旋兒，不要命。

不二的父親說：「先生你不是說，上次有個和尚來到這裏，長得高大，指着不二說，這個小孩兒骨相奇絕，在俗世就是混世魔王，出世有機會成佛，不一般的家庭也養不了，不如隨我去修佛，必能弘揚佛法。有這個事兒嗎？」

私塾先生說：「老爺，這你也信？我當時就和他說，肏你媽，肏你爸，肏你全家祖宗八輩兒及其他。他說了很多針對你和你家族的惡毒的話，因為他不知道我是誰，我沒告訴他，然後走了。過了一陣他就被官府抓了，還沒打他，他就招了，說是他是突厥派來的，利用宗教，找些會漢話的男童去突厥，訓練之後再派回漢地。他對所有的小孩兒的父母都說，這個小孩兒骨相奇絕，不一般的家庭也養不了，不如隨我去修佛。抓到他的時候，他都攢了二十四個十來歲的男孩兒了。」

不二的父親說：「下次遇上這類和尚，在你肏他們全家之前，你告訴人家，你姓蔡，祖墳在青州琅琊台。」

在一個背《詩經》的冬夜，不二嗅到前院飄過來的肉香和脂粉香，所有的家人都說前院的歌妓漂亮，上身基本不穿衣服，不二的父親就是不讓他過去見世面，說他《詩經》還沒讀透。雪片棉襖般落下，不二心中腫脹，寫了一首詩，贈給他大哥和二哥：

千山鳥飛絕，
萬徑人蹤滅。
孤舟蓑笠翁，
獨釣寒江雪。

宮中的大哥覺得二屄，大唐太大了，不是千山，是萬山，不是萬人，是百萬人，五千萬人口，一萬多的官僚，都不絕不滅，我日理萬機，我日，我沒閒工夫寫詩，沒工夫聽詩。當官的二哥覺得大有禪意，如果人沒了鳥，雞巴會怎樣？如果世上沒了人，丫地球會怎樣？只剩下，我，我，我，我，我，我，我。不二說他只是寄託了他對兩個哥哥舊日風物的思念。如果直白寫，不二要表達的是：「四書、五經、前四史，龜茲語、梵語、新譯本《金剛經》。就算所有雞雞都被嚇死了，就算所有屄屄都被嚇得關門了，我們不是被嚇大的，我還可以一小船，一斗笠，坐在二哥的睾丸上，舉着大哥的陽具，我就是一個人，我就是所有人，我就是我們，我們三位一體，肏天，肏地。」

不二的父親聽到這件事，沉思良久，決定還是不得不把不二送進軍隊或者送進寺院。

朝廷在抓緊安排對於高句麗的戰爭。

李淵和李世民和李治都總是把高句麗看成比吐蕃比匈奴比琉球更大的威脅。高句麗仿漢制，不像吐蕃和匈奴，搶些糧食、馬匹和錢財，燒些房子，肏些漢地嫩屄就歡天喜地回家去了，高句麗想要的是漢人的整個江山。高句麗採用漢制之後，先是慢慢考證出所有東北，包括

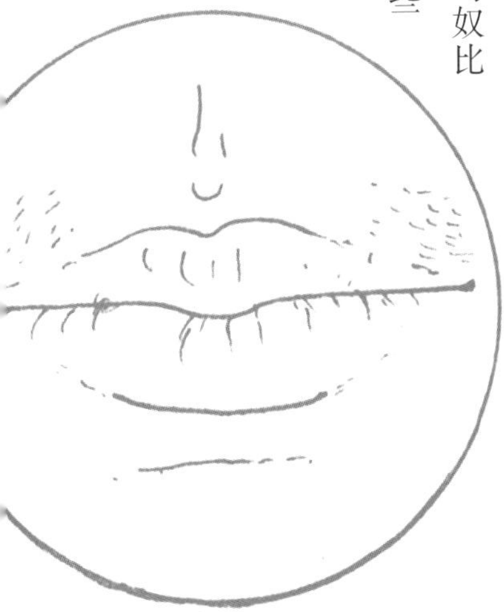

幽州、營州、勝州、豐州、代州、夏州、靈州、涼州、並州，很久很久以前都是高句麗的，每個地方，挖地三尺，都能挖出高句麗才出產的箭頭，甚至齊州、徐州、相州、潞州、原州、秦州、蘭州，如果可以仔細挖掘，也會被考證出原來是高句麗的土地，每個地方，都有長得像高句麗婦女的婦女，其實蚩尤、炎帝、后羿都是高句麗人。再後來，高句麗考證出，他們採用的漢制就是高句麗的，不是漢制，而是高句麗制，不是他們採用了漢制，而是漢採用了高句麗制，李淵和李世民和李治也是高句麗人的後裔。琉球也仿漢制，但是畢竟隔着大海，如果真按捺不住衝動打過來，海上先嘔吐，死一半，登陸後前三天再餓，死另外一半。高句麗人比吐蕃人和匈奴人氣性兒更大，和琉球人類似，腦子非常容易被氣性兒沖懵，腦子懵了之後，甚麼苦都吃，甚麼事兒都幹，戀愛、跳海、斷指、剖腹，吃俘虜，吃自己，完全淡然生死，不把自己當人看。在過去百年中，漢地對於高句麗的戰爭進行了多次。有幾次，兵多糧少，在遼東，天氣冷起來，餓得跑不動，成了高句麗弓箭手的箭靶子。也有幾次，兵少糧多，中了伏兵，成了給高句麗送糧食的了。在早唐歷史學家的討論中，有一種論調，說唐朝是佔了高句麗這個外患的便宜，否則大隋不會這麼快滅亡，就說大隋朝腐敗，也就是用了些關隴貴族，大唐朝不是一樣嗎？李世民說，你媽屄，你媽眼，你媽都穿花褲衩，你們歷史學家是不是都蛋疼啊？不切了雞巴就總想操屄就不寫《史記》就安靜不下來，寫不了正經玩意兒啊？我倒要讓你們看看我滅了高句麗，我倒要看看有沒有其他人趁着我滅高句麗把我滅了，我要讓你們知道，李氏王朝是天佑而成、民祈而生。李世民被氣性兒沖懵，征討高句麗，結果兵敗，被射中肚臍眼，不久，死了。最近的密報是高句麗內亂將起，李治仔細安排兵馬，決心替父報仇。

送不二去軍隊的好處是，只要平安回來，在爺爺的安排下，他身上都是功勞。如果戰勝了，所有死人的功勞都是他的，如果戰敗了，所有錯誤都是死人的，不二是屢敗屢戰。但是，不二的老媽說，你媽屄，刀槍長眼睛嗎？我三個兒子，一個沒了槍，一個沒了球，我要一個齊全的。

不二的父親最後決定託關係把不二送給馮墓山弘忍大師。江湖傳聞，弘忍大師年少時，也是雞大卵大，患先天意淫症，被禪宗四祖道信收留，二十年之後治癒，得道成佛。禪宗這派佛教還治癒了其他很多類似的病例，在治療先天性、頑固性意淫症上有很好的口碑。

不二入東山寺之後，那首「獨釣寒江雪」被不二的二哥屬上自己的名字。不二的二哥給長安城最主要的三十個教坊媽媽每人十両銀子，讓他們逼着教坊裏每個姊妹都會背誦，不會背的就被罰去給客人口交。不二的二哥又給了長安城最大的三十個館子老闆每人十両銀子，讓他們把他寫的「獨釣寒江雪」掛在酒館裏最顯眼的位置。半年之後，「獨釣寒江雪」在整個大唐境內的主要城市流傳開來了。一旦有人感到內心強烈的孤獨和不被社會認可的牛屄，推開窗戶，解開褲襠，無論看到看不到江水和積雪，首先吟唱的，都是這首詩。

這些自認為不被社會認可的城市牛屄，在大唐初年五千萬人口中，佔了接近百分之一，也就是五十萬人。

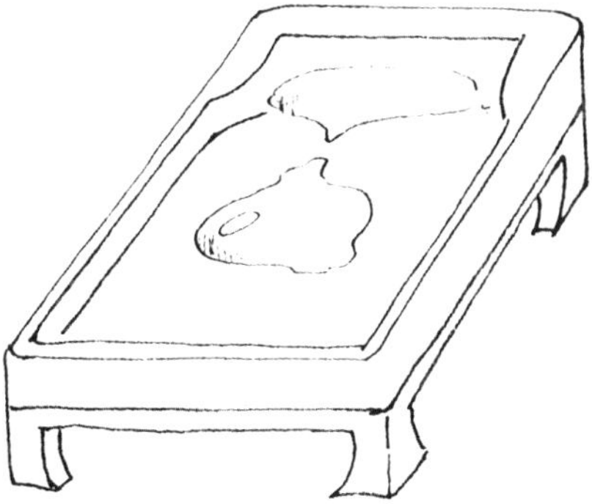

僧人請人改府官
員們平和地坐來
陽具平和表情
平和車為平
和

車馬

咸宜庵熱鬧起來了。

來往的車馬多了，門前道路上的石板不規則地開裂，塵土開始沉積，淺淺地淹掩車輪和馬蹄，騰起飄渺的煙霧。僧人和文人和曾經當過文人或者還懷抱文學夢的官員騎着陽具和車馬從四面八方到來，偶爾交通堵塞，但是很少爭道，如果是同一個方向，後面的就耐心等待，如果是不同方向，前來的會後退，讓路給離去的。儘管陽具焦灼，馬眼隔着內褲眺望，大家的表情平和，車馬安靜。

咸宜庵周圍也熱鬧起來了。

擁堵的車馬不確定何時才能通過，到達彼岸，附近商鋪的小姑娘和小男孩穿梭其

間，根據時令不同，有時候賣些新鮮的桃花、杏花、牡丹花，有時候賣些桃子、杏乾兒、牡丹發糕和大麻餡餅。花兒送玄機，水果點心自己吃。賣的人多了，類似的東西賣不出價錢，於是產品開發變出不少花樣。比如沉香，除了常見的唸珠和數珠，還有沉香粉壓的盤香、切得細細的沉香片、添了玫瑰油和大麻的香餅。

周圍三、五里閒置的房子早就出租沒了。一部份做成客棧。外地來長安的，留長安的時間不夠長或者陽具不夠焦灼或者對於自己的詩文禪理不夠自信，不入咸宜庵，在附近客棧房間住一兩天，睡着或者睡不着，寫詩或者不寫詩，想禪理或者不想禪理。開客棧的不管客人做甚麼或者不做甚麼，能望見咸宜庵的房間，哪怕是能遠遠望見的，價錢比望不見的要貴出三倍，而那些位置絕佳，能聽見、嗅見咸宜庵的房間，有價無市，之後五年的全部時間，早被各州縣駐長安辦事處預訂完畢。大家討論的一個議題是，之後五年內，哪些天玄機出遊不住咸宜庵，如何內部協調管理這種一定存在的風險。另外一個議題是，多少年之後，玄機會年華老去，邪屄凋零，門前盛況不再，這些不確定的歲月中，從現在看，房價如何確定。

周圍另外一部份房子出租做了茶館。車馬坐累了的，下來喝杯茶。如果是去咸宜庵的，喝完第一杯茶，夥計會提醒要不要去後面的暗室做睾丸護理。睾丸護理要在搞前做，在見玄機之前，清空精囊，減少精液對於意志的生理壓力，人可以更鎮靜、瀟灑、顯得見過大世面的樣子。如果真能脔到玄機或者紅團或者綠腰，也能脔得比平常的時間長一些。好不容易脔到，不知道下次在哪裏，所以能長些，就長些。茶館裏流傳，最短的一個摸了一下綠腰的頭髮就射了，衝出門找廁所，被人揭穿，打死都說是偏巧鬧了肚子。這種睾丸護理服務通常不貴，茶錢加一倍就好，操作間在廁所隔壁，一個個小單間，牆上掛着無名書法家寫的玄機的詩作。男人脫下衣服，仰面躺着，後背墊個靠墊，身體有個角度，可以看到跪在兩腿間幫他弄的姑娘。姑娘左手扒開陰毛，從根部抓住陽具，上下搓弄，幾十下，再用手指撥弄龜頭，幾十下。同時姑娘右手牽拉、捏放、旋轉兩個睾丸，幾十下，伸入陰囊在兩腿之間的根部，捏按、放鬆、刮撓、撫摸，幾十下。再用兩手把陽具和陰囊圍抱在一起，上下一起搓弄。過程中，姑娘很少說話，偶爾抬眼看男人一眼。男人加一吊錢，姑娘脫一件罩衣，再加一吊錢，姑娘衣服都脫了，再加一吊錢，姑娘的頭髮散開來，滑滑的頭髮纏在陽具的周身，上下搓動，幾十下，髮梢撥弄龜頭，幾十下。再加兩吊錢，姑娘挨着男人躺下，一邊自己的雙手不停，一邊光光的身子讓男人的雙手摸搓，滑滑的頭髮散了他一前胸一肚皮。男人問，加多少吊錢，你幫我嘬嘬？姑娘不敢答應，那是質變，不在服務範圍，官府還沒定價。如果只是茶錢加倍，沒有這些一吊一吊後加的賞錢，姑娘手掌內側已經生出厚厚的老繭，很快，幾十下，男人的水就出來，草紙擦乾，陽具癱軟，睾丸就護理好了，安靜地縮在陰囊裏。僧人、詩人、政府官員們平和地出來，陽具平和，表情平和，車馬平和。

如果是從咸宜庵出來的，沒喝第一杯茶，看表情，夥計已經知道了，他是否見到了玄機。

據説，不是所有進了咸宜庵的都可以見到玄機，絕對不是，是進了咸宜庵的幾乎都見不到玄機。據説，每天放二十個男人進去，可以保證的是，這些人一定能見到一個七十歲的看門老嫗，姓趙，又聾又啞，唯一的大腦技能是從一數到二十，但是小腦發達，不會甚麼舞技，不惜生死，四肢力氣奇大，奇快，尤其是兩個拳頭，即使提前告訴闖門的人，「我老趙要打你了」，等這七個字在闖門人的腦海裏形成了意識，拳頭已經砸穿了他三根肋骨。如果某一天有第二十一個人想闖進咸宜庵，在大唐武林中排名不進前十是休想的。

老趙還是小趙的時候，大腦就不好使，一片純良待人，因為身手好，又逢亂世，沒吃甚麼大虧，積攢了一些軍功和財產。太平之後，在長安城裏，老趙反反覆覆地上當受騙，一段時間之後，幾乎出門就被騙，花錢就上當。先是買來一些假貨，比如刻着西漢武帝專用的玉戈，稻草編織的毛毯，一放屁就破洞的內衣，泥巴曬成的沉香香塊，墨汁染成的黑牡丹，上了紅漆的貓。後來老趙發誓，不再買任何非飲食的東西了，身上這點錢，如果光吃喝，一族人三輩子都夠了。之後的遭遇涉及更複雜的場景設定。坊里長官的遠房親戚從遙遠的大食國回來，帶來大食國的文明使團。因為和坊長的親戚關係，特意在老趙所在的坊間表演。門票是一定不要的，但是必須年過五十才能參觀。老趙第一場沒進去，但是聽說進去參觀的每一個老人都被送了一朵來自大食國的乾花，花裏飄出長安沒有的味道，聽說大食國來的舞姬似乎有真功夫，第二場就進去了。大食國的舞姬跳着跳着脫了幾件衣服，露出肚臍眼，然後托出一盤琉璃戒指。只有三個盯着舞姬肚臍眼看的老頭出了一貫錢，買了，每個人不僅有了一個琉璃戒指，還都送了一個巨大的赤金戒指，上面一個大食文字，坊長的遠房親戚說，這個字是「信」的意思，這個戒指在長安西市可以輕鬆賣十貫錢。三個老頭中的一個說，我現在賣給你可以嗎？遠房親戚說，好，關鍵是信，戒指給我，十貫錢給你。舞姬再次出場，又脫了幾件衣裳，只剩腰間一塊猩紅的紗，遮住屄眼和屁眼，跳到有兩個老頭暈倒，然後托出一盤龍涎香塊，琥珀似的，蠟似的，長安西市上至少要賣一百貫錢一塊，遠房親戚只賣十貫錢，只有這一盤子。老趙搶買了四塊，是老人中買得最多的。老趙聽説過龍涎香，行氣活血，散結止痛，利水通淋。她身上舊刀劍傷多，陰雨天常常痛，用用應該好。第二天，大食國使團徹底不見了。老趙去西市走了一趟，四塊龍涎香，香客説，兩塊是琥珀，兩塊是蠟。

老趙站在門口，門外風和日麗，大雁人字形飛過，雲彩變動身形染上不同顏色的天光，老趙吐了口唾沫，心顫，膽寒，覺得這個世界比隋末的亂世更加兵荒馬亂。

老趙將所有錢財留給族人，自己來到寺院。沒了錢財，騙甚麼呢？

在寺院裏，老趙身上的功夫有了精進。她本來不聾不啞，也會背幾首七絕，但是她的確不喜歡經文。她對方丈説，經文都是缺肏的男人被餓暈了之後演繹的，佛祖當年喝完奶、肏完林中姑娘，悟道的一瞬間，説的一定簡潔很多，更像人話，我還是學打吧，不是佛身邊也需要有人會伏虎嗎。在一次伏虎練習中，她出手重，把虎打死了，老虎死前一巴掌把她扇聾了。聾了以後，老趙的話越來越少，慢慢也就忘了如何説話了。方丈臨死前，讓老趙去跟着玄機，老趙沒問，就去了。

據説，咸宜庵的活動基本是這樣安排的。上午賽詩，古體、五言、七言、絕句、律詩都可以，中午簡餐，有茶無酒，下午談佛，大乘、小乘、密宗、甚至儒家、道家、印度教、回回教和拜火教都可以，晚上宴飲，有素餐薄酒，可以自帶葷菜大酒、大麻糕、罌粟餅，佛理、詩文不忌，彈琴、跳舞也可以。見玄機之前，先見綠腰或者紅團，綠腰喜歡瘦高的，紅團喜歡胖大的。綠腰或者紅團背一句「借問吹簫向紫煙」，如果答不出下句「曾經學舞度芳年」，轟出去。綠腰或者紅團掃一眼，如果臉不紅，轟出去。綠腰或者紅團說一句龜茲語《心經》「心無掛礙，無掛礙故，無有恐怖，遠離顛倒夢想，究竟涅槃」，如果沒反應，轟出去。剩下的，留給玄機，在正房或者紫藤花架下，茬詩，談佛。玄機覺得誰面目可憎、言語無趣，隨時翻臉讓誰出去。子時清場，有時候一天留下一個，有時候幾天也留不下一個。留下來過夜的這些人，第二天清早從正門走出，他們通常看着都比本人魁梧，心中的牡丹花又紅又大，每見到一個人，就賞一塊散碎銀子。

那些提前出來的，如果去茶館，因為戾氣重，無論進去之前是否做了睾丸護理，夥計基本上都推薦他們操屄。

按照當時的中醫理論，兩種方法可以解心魔，一種是放血，另外一種是操屄，操屄比放血效果好些。操屄的房間比睾丸護理的房間條件好，基本都有窗戶，牆上掛着無名書法家畫的玄機的胴體。裏面的姑娘價錢相差懸殊。基本三類：一般的；長得有些像綠腰或者紅團的；長得有些像玄機的。長得有些像綠腰或者紅團的比一般的要貴出三倍，長得有些像玄機的要比長得有些像綠腰或者紅團的貴出三倍。最貴的是那些長得非常像玄機而且可以被施虐的，可以被繩索死死捆綁，只有眼睛、嘴、屄眼和屁眼能動。男人還可以動手，比如顏射、比如菊爆、比如嘬陽具的時候，抽她一個嘴巴，她就停頓一下，騰出嘴來吟誦一句「借問吹簫向紫煙」，把她光屁股頂在陽具上，擰她一下屁股，她就停止上下起伏，提一口氣歌唱「曾經學舞度芳年」。提前出來想向玄機施虐的比玄機留宿的人多很多，所以這些長得非常像玄機而且可以被施虐的，貴得離譜的，被需要的可能性最大，數量又少，往往最搶手，之後五年，每一天都被各州駐長安辦事處提早預訂了。

看門老趙和綠腰和紅團之間，聽說最開心的是紅團。老趙過了七十歲之後，除了伏虎之外，對其他事物基本沒有甚麼興趣。綠腰本來就是一半胡人血統，左眼藍，右眼綠，在著名的開放城市敦煌街頭混大，來長安之前睡過二十四國的男人，他們分別相信七種宗教。像玄機

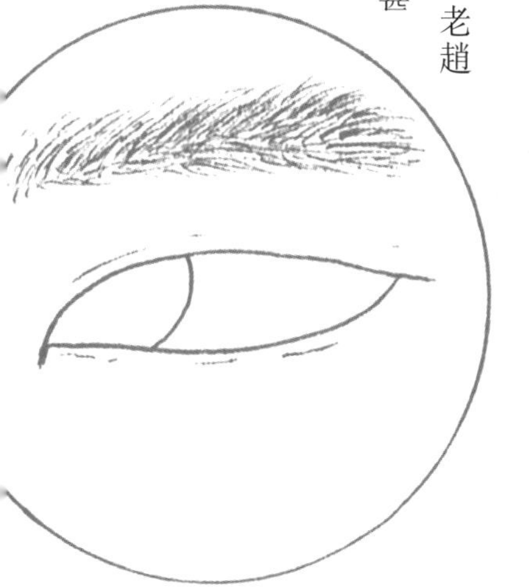

這種資質的，在綠腰的老家二、三十年也出現一個，如果沒當成皇后就會被敬為女神，一輩子的任務就是被肏。紅團的父親原來是邊塞詩人，受父親的影響，她原來的理想一直是做唐朝最好的女詩人，打破只有當婊子的女生才能做出好詩的魔咒。來到咸宜庵三天之後，紅團對綠腰說，「我愛長安，我三天之內，學了跳肚皮舞，肏了昆侖奴，還抽了大麻。昆侖奴剛從樹上下來的吧？他們的雞巴比臉還黑啊，鼻子都被他反着肏歪了，我愛長安，我愛大唐。我不要吟詩了，我要把我年輕時失去的青春補回來，我愛長安，我愛大唐，我愛昆侖奴黑哥哥。反而有詩。我現在不信多數的黃種男人，他們的傻氣象六脈神劍的真氣一樣在他們體內鼓噪湧動，控制不好就噴出來，他們沒救了，我已經轉過頭去了。黑哥哥，你說甚麼是真的呢？你的眼睫毛掃在凝視我的空氣裏才是真的，你的滾燙的液體淋在我的胸膛上才是真的，你的清晰的齒痕印在我的肩膀上才是真的，你的呢喃和夢話才是真的，我的眼淚和情書才是真的。黑哥哥，他們是傻逼，他們瞧不起女人，他們也瞧不起別的顏色的人，這讓我憤恨。我決定和你歃血為盟，插逼為盟，吻頸為盟。我決定操翻西洋。如果這個世界上真有上帝，我堅信我一定會上天堂，你要跟緊我，因為我不淨不垢，忠厚純良，雪蓮花開，固執地在亂世綻放。」

咸宜庵周圍最後的一些空房子，出租給了一些業務模式不清晰的生意。有酒館，有算命的，有美容美髮的，有做男式衣物服飾的。有做詩文、佛法知識和技能培訓的，基本的培訓路數是吃茶、飲酒、操屄、背誦離騷。有做戰略諮詢的，基本圍繞如何快速留宿和長期留宿咸宜庵，量身定制詩文、佛法、房中等各方面策略的。

總之，周圍的房租在三個月內漲了三倍。因為韓愈的宅子就在對門，位置最好，據說月圓的夜晚，風大的話，順風可以聞見屄香。有人託關係詢問韓愈，願意出百両黃金購買。韓愈讓管家回覆：「富貴不能淫，威武不能屈。詩文佛理我教天下，文字打敗時間。買我的房，休想。」

內空外空內外空空空
大空第一義空無為空
畢竟空無始空散空性
空自性空諸法空不可
得空無法空有法空無
法有法空甚麼鶏巴玩
意兒啊不就是一切皆空
鳴

群．眾．

慧能每次走出東山寺山門去辦雜事的時候，都習慣性地回望一眼，山門後，僧堂、眾寮、佛殿、法堂、方丈、得月樓、千手堂、觀音殿沿山蜿蜒而上。山抱着寺廟，寺廟盛着和尚，彷彿一個碗裏裝着米，碗如果碎了，米能長出樹木來嗎？樹木能長出山來嗎？慧能每次回望一眼，彷彿乾燥的毛筆尖吸滿墨汁，彷彿需要確認回來的道路一樣，彷彿再也回不來一樣，這次也不例外。

不同的是，這次有個念頭烏雲一樣閃過，弘忍老和尚快死了。

人老死之前有各種徵兆，屁特別臭，皮膚變脆，夢裏流淚，想起很多年前發生的非常細小的細節，執着地盤算十年之後的事情等等。大和尚死之前，徵兆更加明顯。

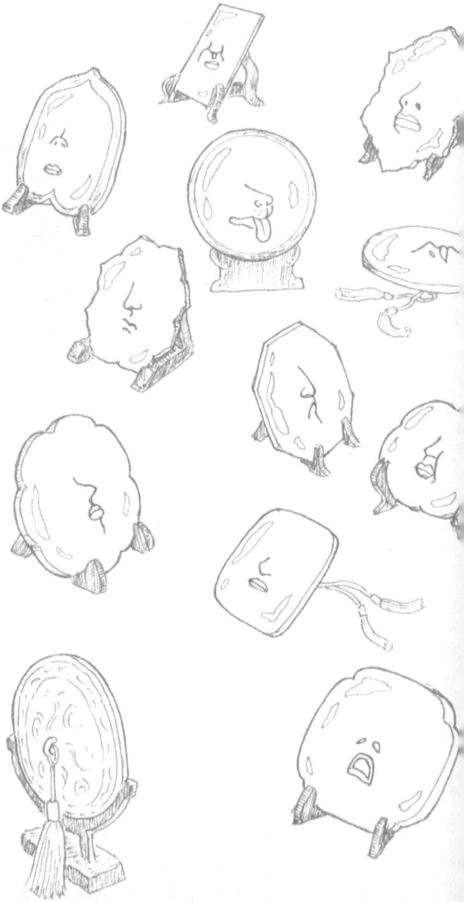

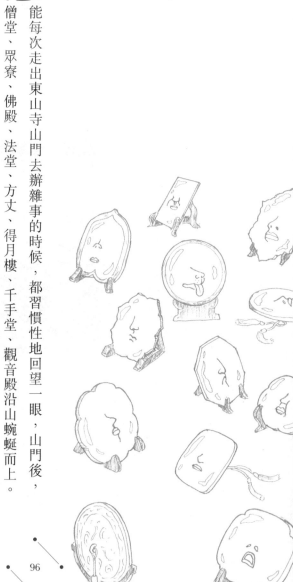

除了這些常人的老死前兆之外，最常見的表現是精神極度安詳，陰晴圓缺颳風下雨都一種心情，生老病死吃喝嫖賭都一樣表情，吃甚麼都有滋味，喝甚麼都微微笑，沒有任何期待，沒有任何使命，做再多虧心事，甚至夢到肏他自己老母都倒頭便睡，總之，一切都懂得，一切都不想有辦法，一副宇宙觀異常強大的老混蛋模樣。

外人一般的常識是大和尚死去之前，一身的修為，要麼無為，最後飲酒、喝茶、吃饅頭、割草、手淫、肏窄屄、摸摸能摸到的小姑娘大腿內側皮膚，或者聞聞小寡婦頭髮和頭皮接觸位置的味道，要麼做出很多偉大的壯舉，為了一個神聖的目的，絕食、自焚、暗殺、陰謀、游說、演說。慧能的判斷不是這樣的，佛教之前的歷史展示得非常清楚，大和尚死去之前，和其他大學者和梟雄一樣，通常會做出一生中最糊塗的事兒來，引誘未成年小姑娘摸他們雞雞這種事兒不算，比起繼承基業這件事兒，這也算事兒啊。這些糊塗事兒基本只和選擇繼承人相關，這些糊塗事兒有可能顛覆這些大人物一生的事功，比如說信任一個腿細屄緊腦子靈光的年輕女人，比如說臨死之前殺掉周圍幫助自己最多的幾個人，讓繼承者少些很快被這些人殺害的風險，比如說決定不下來讓誰繼承，先推出個忠厚老實的大齡肉蛋當繼承人，讓幾個最能幹的狼爭，看誰先吃了這個肉蛋。最難辨的地方是，即使周圍所有的人都明白這些大人物最後的決定是糊塗的，所有的人都沒辦法改變，大人物有他們一生積累下的逼人跟隨的氣場，所有人的利益不是一個。極少數的例外往往涉及一個腦子極其好使內心極其強悍的女人，或者一個太監，或者一個天生得道的孩子。

念頭烏雲閃過的時候，慧能考慮各種力量的對比和平衡。這也不是第一次了，和以前多少次一樣，這次慧能依舊毫不樂觀，覺得自己拿到弘忍衣鉢的機會非常小，禪宗第六代領導人的位置沒甚麼希望了。在不遠的將來，慧能將最後走出這個山門，或生或死，隱姓埋名或者屍陳大路，再也回不來了。

神秀最大的優勢是好看。

神秀長得太好看了，玉一樣。整個人玉雕出來的似的，骨勻肉均，皮膚白、糯、潤、透、露，不貼近看，根本看不到臉上的毛孔，彷彿羊脂玉上看不到一絲瑕疵。周圍的溫度稍稍熱一點，頭頂上、臉上、脖頸上的皮膚浮現出不同濃度的粉紅來，不同濃度的粉紅上凝結一層細小的油珠，在毛孔表面，粉紅色越淺，油珠越細小。這麼多年，神秀的身材一直清瘦，比弘忍和尚小不了幾歲的人，脫了衣服，肋骨清晰，肚皮平坦，腰間收窄，沒有一絲絲贅肉。下身長出上身很多，小腿伸直，從膝蓋到拇趾尖，放眼望過去，一眼望不到邊。慧能和神秀一時在法堂的屋檐下一起躲雨，神秀褪掉濕透了的僧襪和僧鞋，小腿和腳上隱隱還有雨水，神秀將小腿向外踢出，抖落皮肉上細細的水，右腿踢完，換左腿。一時，天色比平時黑，反而顯得天空更加透明，屋檐吸飽了雨水變得更沉也被墜得更低，樹木和山石在屋檐之外的空間無限綻開，慧能沒用眼睛看神秀，他的眼睛一直望着屋檐之外的空間，他第一次體會到，男人愛上男人是可能的。

來上香的有錢有勢的婦女，見過神秀的，七七八八都愛上了神秀，聽過神秀講經的，七七八八都皈依了我佛。唐朝政權初定，制度少，規矩小，很多婦女身上有軍功，殺過人，差點被殺過，血統裏又多胡氣，像男人一樣慓悍，對自己鍾意的衣服、首飾、武器和男人的佔有慾一樣強。婦女們不承認神秀的皮膚和肋骨和腰和小腿和她們對於佛的認可有甚麼關係，但是她們承認，同樣的話，神秀說，就是對的，就好聽，就必須聽，其他人說，不行。婦女們強調，是神秀的聲音好聽，是神秀對於佛的理解深，這非常正常，「同樣一個豬頭，不同廚子燒製，味道怎麼會是一樣？」

神秀講經的時候，來聽的婦女特別多。神秀沒有華麗的袈裟，全寺廟只有弘忍和尚有華麗的袈裟。神秀的僧袍因為洗得勤，比其他和尚的僧袍反而顯得更舊一些，唯一特別的點綴是一個滿紅沁的玉袈裟環。婦女們的評論是這樣的，神秀不用裝飾，甚麼都不用。別人是衣服上綴着玉，神秀是衣服包裹着玉，神秀就是衣服包裹着的玉。一時，神秀在法堂，講一個字，勤。神秀的話語很慢，神秀說，佛法即常識，佛法無深意，佛法不是想的，佛法是做的，思易，行難，惟勤，惟忍。一時，神秀重複說了三遍上述簡單的話，兩個時辰就過去了。一時，神秀不說一字，說得聽法的婦女們頻頻點頭，髮髻散亂，鬢花墜地，風來飄滿寺院。

弘忍和尚幾乎十年不出一次寺門，最近的一次，進了長安城。弘忍發現，長安城裏，賣的菩提樹，有的號稱是東山寺神秀手植的，賣的佛珠，不少號稱是東山寺神秀撫摸過，新繪的壁畫，新印的佛經，新賣的泥佛、石佛、銅佛、玉佛，一半左右佛的臉讓人想起神秀的臉，真是好看。

神秀捐來的香火錢讓東山寺香火旺盛。沒有具體統計過，多少是因為神秀捐的，多少是因為其他和尚捐的，但是因為神秀捐的，大而頻繁，顯得其他捐贈無足重輕。淨土宗等等其他佛教宗門認真討論過，私下流傳出來的判斷是，如果沒有神秀，禪宗不能有現在的樣子。核心信徒數目、穩定捐款數目和長期政府關係是關鍵指標，關鍵指標的強大是硬道理，如何得到，是否通過佛法的精進，是另外一件事情。

愛美不只是婦女的事兒。廟裏很多的和尚也愛神秀，在廁所的牆壁上，刻畫婦女的胴體和神秀的名字，有時候就是簡單一個「秀」字，「秀」的下半截，寫得彷彿一段敞口的陰道或者直腸，「秀」的上半截，寫得草木搖曳。從字體上看，刻畫的作者顯然不是一個人的，有的沒另外刻畫，就在旁邊畫「正」字計數。慧能趁沒人的時候大致數過，計數過的不同筆跡超過廟裏和尚總數的三分之一。慧能想，「悲催啊，如果這些和尚同時喪心病狂，神秀的屁眼怎麼夠用？」

神秀的性格如果再柔弱一點，男的會比婦女更加熱愛他。但是神秀的性格很強，條石似的，毛竹似的，馬鞭似的。十歲的時候，神秀在山上被蛇咬了，自己拿起柴刀，隨便找了一塊石頭磨了磨刀刃，切開胳膊，平靜地擠毒和血出來，彷彿自己只是柴刀，胳膊是別人的。

「如果神秀沒拿到弘忍的衣鉢，他會怎樣地難受？屁眼會變得扭曲和粉紅嗎？會像海棠或者菊花開放嗎？」慧能的烏雲閃到這時，忽然意識到，對神秀的這種打擊竟然能讓他興奮不已，似乎成為他貪慕第六代領導人衣鉢的最隱秘的動機。慧能等烏雲過去，低頭唸了一聲我佛，死活拒絕承認那朵關於神秀菊花的烏雲曾經閃現過。

神秀的腦子好使，而且勤奮，而且從五歲就開始用功。神秀熟悉很多已經死去的西方人：悉達、維摩詰、彌勒、難陀、大迦葉、阿難、商那和修、提多迦、婆須蜜、鳩摩羅什。每次提起，都神采飛揚。神秀嚮往那個時代的那個地方，在他的想像中，那裏氣候炎熱，恒河長流，和尚們不事生產，吃很少的食物，飲水，從不記錄，很少説話，每時每刻異常繁忙，仔細端詳心田裏冒出的任何一個念頭，分析他們相互之間無比虛無但是無比複雜的關係，那是種全身心的思辨，經常會用上腳趾和睾丸，讓他們像腦子一樣運轉，腳趾沒有閒暇行走俗世，睾丸沒有能量向婦女的方向指引陽具，一切彷彿一片葉子飄落到湖面，湖面泛起萬千漣漪，漣漪蕩漾，似乎甚麼都沒改變，似乎又已經改變了所有一切。那個時代的那個地方的和尚，他們的作用不只是心理治療師，他們實際上給這個世界添了很多維度。其他人的生活中只有空間三維和時間，這些為數極少的和尚，他們的生活中至少有十七個維度，儘管他們表面很少活動，少於貓狗，少於庭樹，他們世界的豐富程度遠遠超越只在時空中生活的常人的想像。神秀有時候想，時空中的某個點上的國王，在第七個維度裏只是佛的一片背光，佛陀當然不會願意不去做佛而去做一個國王。常人只有在巫師的誘導下，在星座安排合適的時間點，借助酒精、鴉片類藥物和夢，極其偶然地窺見這些西方古代高僧生活的超四維維度。

無論是楞伽體系還是般若體系，無論漢語、龜茲語、還是梵語，無論是佛經、佛律、還是佛論，長安能買到的佛書，神秀都會背，會講，而且自己還出了三本學習體會，被翻譯成龜茲語和梵語，每年夏天，會有兩三撥西方僧人前來討教佛法，每次都有一兩個番僧暗中愛上他。

相比神秀，慧能長得像個石碑，一臉橫肉，長期勞作，手腳板全是老繭，認識的漢字不超過五十個，會寫自己的名字。神秀會背的那些佛經，慧能名字都沒聽說過，但是他聽別人講一遍，只要一遍，不管講的人懂不懂，他就能懂意思。如果必要，慧能能用自己的話把這些佛經重新講一遍，通常的情況下，慧能講的比這些佛經的語言更明瞭。弘忍甚至有次私下說，比這些佛經更佛經，彷佛人學了拳法常常打不過黑熊。稟賦問題。

慧能常常替神秀感覺勞累，「內空，外空，內外空，空空，大空，第一義空，有為空，無為空，畢竟空，無始空，散空，性空，自性空，諸法空，不可得空，無法空，有法空，無法有法空。甚麼雞巴玩意兒啊？不就是一切皆空嗎？而且還不對，都空了，你是甚麼？你的雞巴是甚麼？」慧能一直希望神秀能少動些心神，這樣臉上的粉紅能保持得長久些，在冬天草木零落的時候，神秀站在篝火旁邊想念我佛的時候，慧能站在旁邊，還能看到，這樣的禪寺就比較美好。

慧能往山外走，路過好幾個村莊。慧能和這裏的村民都很熟悉，他修好過好多個柴門和豬圈，打出過很多口水井，治好過好多人腳腕子的扭傷，唸經趕走過兩次蝗蟲和三次日蝕，預測過一次山體塌陷，甚至接生過好些小孩。因為他是和尚，大家都不太把他當男人看，即使是男人，也和日常的男人不一樣，雞巴有佛性，不能用俗世的禮法看待。

慧能點化過好多人的執着，「都是浮雲，每天唸一百遍，都是浮雲。你放下，自摸你自己，你摸到自己爽的時候，你沒有悵然的時候，你不想將來的時候，你看不到自己的時候，你就看到佛，你就是佛。」

慧能知道這些山民很多不識字，他們和自己生活了很久，聽不懂大道理，必須把佛變得和草木和走獸和婦女和陽具一樣簡單美好，把成佛變得和割草和打獵和操屄和自摸一樣簡單美好，佛才能和他們發生關係，佛才能發揚光大。

有些時候，這些山民犯起混蛋來，最簡單的話都聽不進，喊了一千遍，一切是浮雲，還是為了一個寡婦動起刀子。慧能就閉嘴，動手。寺廟裏有會技擊術的和尚，因為無所事事，長久地討論技擊術的各種曲折，嘗試身體的各種潛能。經過長期的練習，他們的身體能延伸成一棵樹，能收縮成一塊石頭。神秀背佛經的時間裏，慧能向這些和尚學習技擊，他更喜歡這些小腦智慧，他甚至開始堅信，頓悟成佛和割草和打獵和操屄和自摸一樣，更接近小腦智慧，大腦越少參與越好。慧能的腳法最厲害，速度快，想踢誰的睾丸，誰都躲不開。被踢的，不經過大腦就開始嗷嗷叫，腫痛加劇，緩解，漸漸消失，那是一個放下的過程，嚎叫停止之後，大腦裏的煩惱也忘記了。慧能打人打多了，覺得比語言好用很多，自己心裏也有隱隱的打出來的欣快，從踢睾丸的腳沿着大腿到自己的睾丸再到小腦，彷彿走了很多山路，喝一口清冷凜冽的山泉，欣快從嘴唇到喉管到胃大彎。

其實慧能還睡過好多個附近山村的婦女，因為他是和尚，大家傾向於認為是佛的開光，都不太在意。

慧能第一次睡婦女純屬偶然。慧能幫男人扯脱腦子頑疾的時候，猛踢一腳睾丸，睾丸產生其他部位產生不了的扭痛，與此同時，慧能會習慣性地大吼一聲：脱了。男人就解脱了，有些人的肩周炎和腹瀉都能同時消失。慧能第一次和山村的婦女講經，聽一個婦女反覆講述她對她婆婆的怨恨，涉及三隻母雞和一個月的徭役。當婦女同樣的事實陳述第三遍的時候，慧能一腳踢折了一棵楊樹，大喊一聲，脱了。婦女楞了一下，瞬間脱光了身上所有的衣裳，光着身子站在慧能面前，說，大和尚，喜歡你狠呆呆的樣子不是一天了，來吧。

慧能最喜歡石家莊的石寡婦。石寡婦很小就守寡，骨架子非常小，骨架子上都是肉，壓上去彷彿掉進雲彩裏，彷彿在天堂裏。慧能修好過她的柴門和豬圈，治好過她腳踝的扭傷，給她亡夫唸過經，「即時豁然，還得本心，見自性自淨，自修自作自性法身，自行佛行，自作自成佛道」，替她接生過她亡夫的遺腹子，是個胖大的男孩子。

石寡婦長期沉浸在對丈夫的思念當中，他留下的衣服和少數用品全部一動不動。石寡婦也做了一些努力，包括睡了睡附近最強壯的男人，「天塌了，你們都不是天，天是石頭做的，我只能活在石頭縫裏。」唯一活着的動力來自新生的孩子，「把他養大之後，他也不能像他爸一樣肏我啊。」孩子長得比石寡婦高了的那一年，石寡婦常常陷入悲傷。在石寡婦過度悲傷的時候，村裏人請來慧能和尚，慧能唸了兩遍曾經驅走蝗蟲的經，沒用，慧能的腳抬了抬，石寡婦沒有睾丸可踢，慧能抽了石寡婦一巴掌，石寡婦更悲傷地向他撲來，他再抽了石寡婦一巴掌，石寡婦倒在地上咬他的小腿，牙齒陷入腿肚，血噴出來，半尺。

慧能撕開袈裟，陽具因為疼痛變得比平時更大，慧能手抓了自己的陽具，用陽具抽打石寡婦的後腦、左臉，石寡婦的嘴鬆開，滿臉是慧能小腿的血。慧能在血中找到石寡婦的嘴，捅陽具進去，直捅到她嗓子眼兒。

石寡婦一陣劇烈的咳嗽之後安靜下來，即時豁然。

「謝啦，慧能師傅，我沒事兒了。還要繼續嘬嗎？」

「繼續。」

在之後的過程中，石寡婦沒說一個字，每每嘬到龜頭的時候，都下意識地盤旋一陣，舌尖反覆磨搓龜頭和陰莖之間的溝壑。慧能射的時候，石寡婦通通嚥了下去，沒說一個字。

慧能提上褲子，出門，說：「你將來如果出家，我送你一個法號吧，就叫慧嘬吧。」

我記得你原來長頭
髮的樣子長髮水滑
大奶豐盈我記得我問你射
在哪裏你說隨便我想
不好射在你嘴裏還是
頭髮上最後射在你嘴
裏其實我更想射在你
頭髮上

花開

玄機囑咐看門老趙閉門謝客一天，不放任何男人進來，有陽具的和沒陽具的都不放，陽具也不能自己走進來。

陽具通常不能自己走進院子，但是前天來送葡萄酒的龜茲婦女夾帶了十來個陽具進來。龜茲婦女在廚房放下葡萄酒之後，向綠腰和紅團推銷陽具。龜茲婦女解開她的翻領小袖長衣，說，這些小寶寶，你們一定要見見，長衣裏面還繫了一條通常繫在外面的蹀躞帶，通常蹀躞帶上掛的算袋、刀子、礪石、契苾真、噦厥、針筒、火石袋等七件東西都換成了七個長短、粗細、顏色等等差異很大的陽具。龜茲婦女摘下渾脫金錦帽，錦帽底下還有兩個陽具，高髻裏還有一個被當作髮簪用的陽具。十來個陽具裏，

有植物材料做的，有動物材料做的。動物材料做的當中，有的用皮毛和筋，偏軟，有的中間加了骨頭，狗或者狐狸的脛骨或者腓骨，偏硬。還有一個是滑石做的，原來藏在高髻裏，體形巨大，卵袋和睾丸都雕了出來，反握陽具，卵袋在前，彷彿一把大錘，儘管沉大，滑石是好滑石，頭髮上好頭髮，整個陽具很滑，綠腰和紅團都不敢拿，怕滑落到地上摔壞。龜茲婦女讓綠腰準備一罐子溫水，一罐子熱水，演示最神奇的一個陽具。龜茲婦女拿在手裏是軟的，晃動幾下，硬了，放到溫水罐子裏，更硬了，長度也增加了很多，放進熱水罐子，硬得大得驚人，獸皮做的龜頭還自己跳動。龜茲婦女說，這是上個月才到的新鮮物件兒，她賣了這麼近二十年陽具，還是第一次見到，如今的婦女比以前的婦女幸福。龜茲婦女接着演示，有些陽具還帶着細細的小獸皮做的帶子，那是婦女戴了，裝作男人，用在其他婦女身上的，有些陽具就是陽具，那是婦女自己動手用在自己身上的。

龜茲婦女說，好東西，好東西，看你們也是好人，價錢也可以好些。

綠腰說，不是東西好壞問題，不是價錢問題，是我們不缺男人啊。

龜茲婦女說，現在甚麼時候都不缺？颳風下雨下雪下冰雹，男人來不了怎麼辦？

綠腰說，那我們就歇歇，幹點別的。就算我們腦子不想歇歇，屄屄也想歇歇。

龜茲婦女說，現在不缺，將來就一定不缺？手工越來越貴，原料越來越少，除了那個新款有可能價錢走低，其他傳統做法的，這幾年，年年漲錢，買幾個留着吧，越用越好使。

綠腰說，過去之心不可得，現在之心不可得，未來之心不可得。

龜茲婦女說，你不缺男人，你不想讓你喜歡的男人更爽些？見你喜歡的男人之前，前戲先自己幫自己做了，見他之後，好好讓他開心。

綠腰說，我喜歡的男人都喜歡幫我做前戲，幫我脱衣服啊甚麼的，我自己脱都不行。如果我自己脱了，他們會逼我重新穿上衣服，他們自己動手，他們喜歡自己把我弄得亂七八糟的。

龜茲婦女說，就算你不缺，你女兒將來不用？

綠腰說，我沒打算生女兒，她現在還很遙遠，她還太小。

龜茲婦女說，即使你真的從來和永遠都不缺男的，假的還有一個好處，假的男的比真的男的省心，你說對不對？你不用擔心丫的感受，不喜歡了，丫不會死纏着你，喜歡了，不用擔心丫不來看你，不用擔心丫傷你心，你買了之後，就是你的了，你不借給別的姐妹，丫碰不了別人，即使被其他姐妹偷了用了，你如果真生氣了，你可以油煎了丫，和蘿蔔一起腌了。

綠腰笑了，我同意省心這點，我買，我買，我買那個滑石的，我喜歡大的，我離佛還很遠啊。

龜茲婦女說，離佛近有甚麼用？佛能讓你光着抱着嗎？

從那天在長安城外吐了幾小口到現在，玄機來長安一百天了，玄機想，雜念應該也有幾百斤了，墜得慌，又有些想吐，放進心裏磨磨，順帶磨磨心。

玄機搬了一個腰鼓櫈坐在合歡樹和紫藤架下。玄機喜歡近來流行的硬木櫈子，不喜歡坐榻。在西市逛的時候，看到幾種櫈子都不錯，有的馬蹄形的，上面怕人坐着涼還罩了一個繡墊，有的腰部變鼓，叫做月牙兒櫈，有的月牙兒櫈還另裝了靠背兒。最後買了兩個腰鼓櫈兒，兩朵蓮花形狀，一個仰着，一個覆着，蓮蒂相交的地方就是櫈兒的腰部。

玄機小袖衣，上面錦臂，下面柿蒂綾長裙，裙子裏一絲不掛，坐在腰鼓櫈兒上，清晰感到髂後下棘和臀大肌支起身體，陰戶和硬木椅子面時斷時續，彷佛坐在廟裏的菩薩。

玄機想起父親第一次帶她去郊外踏青，陌上少年如春花開放，枝頭春花如少年談笑。回家父親問玄機看到了甚麼，玄機說看到了廟裏的菩薩，長得和人並無任何不同，說看到了河邊的婦人，高髻水滑，大奶豐盈，玄機沒說陌上的少年們，那種喜歡，說不出來喜歡哪裏，如果完全說不出來，又顯得一副白癡的樣子，所以不如不提。父親問玄機長大了想嫁甚麼樣的，玄機說不知道，但是她知道她想變成甚麼樣子，彷彿蟬蛹知道想變成甚麼樣子的蟬。玄機想變成那種河邊被少年偷看的婦人，高髻，大奶，或者變成廟裏的菩薩，坐在高處，等少年低頭上香，可以眼簾低垂，盡情偷看他們的鼻樑，想念他們的雞雞。父親說，還是做菩薩吧，水邊的大奶婦人基本都是官妓或者野雞。

院子裏的紫藤花開了。白白的，小小的，緊緊的，一閃一閃的，像陰蒂開心了的時候一樣，玄機想。

昨天紅團問：「聽見烏鴉在合歡樹上叫了嗎？」

玄機說：「聽見了。」

紅團問：「是不是不吉祥？我左眼總是跳。我上次左眼狂跳，我外婆死了。」

玄機說：「聽見了。外婆死了，就不吉祥了？」

紅團問：「聽見烏鴉飛走了嗎？我的左眼還是在跳。」

玄機說：「聽見了。」
紅團說：「烏鴉飛走的時候，沒叫，你聽見了甚麼？」
玄機說：「叫和不叫，與聽見和沒聽見有甚麼關係嗎？和聽本身有甚麼關係嗎？烏鴉是不是來了又走了？你的左眼不跳了吧？」
紅團說：「不跳了，你一問，就不跳了。」
玄機聽了一夜紫藤花開。玄機體會到了一件事，這個院子的紫藤是很大程度上受她控制，她可以讓它開放，也可以不讓它開放，她可以讓它開得很快，也可以讓它開得很慢。如果沒有玄機，就沒有紫藤，至少沒有這個院子裏的紫藤，就沒有這個院子裏的紫藤花開。玄機如果睡得好一些，紫藤就開得慢些，如果念頭起伏劇烈些，紫藤就長得瘋些。
玄機想，為甚麼不是紫藤控制我的陰蒂開放？控制我吧，你也來控制我吧，讓我的陰蒂開得一束束的，一蓬蓬的，一樹樹的，一架架的，像你一樣。
這一百天來，玄機在咸宜庵中肏的男人其實只有一個。
平日裏，通過綠腰和紅團篩選的男人，一絲不掛，站在紫藤花架下，玄機聽見葉片和花片打在他們肩頭。在一絲不掛的男人面前，眼前，玄機一件件解開自己，絳色的紗羅打來結綬，順着手臂滑到手指滑到紫藤上，雙肩向上向前聳，絳色半臂離開肩膀，落到地上，伸手解開雙乳之間的繫帶，整條的長裙離開身體，落到地上，長裙裏面，玄機一絲不掛。在變得一絲不掛的過程中，玄機眼睛一直端詳着對面一絲不掛的男人，一直在聽自己心上的起伏。心上起伏也好判斷，玄機整條長裙落地的時候，玄機看一眼自己的一雙奶頭，心中不動，奶頭不會翹起，不會四處張望，不會變得緋紅。

心上沒起伏的，玄機告訴綠腰和紅團，以後這樣的男人不行，要總結規律，這樣的男人有哪些共性，以後不要留下來。

心上起伏小的，玄機讓綠腰或者紅團先扒了男人的小花錦袍口交，射在合歡樹下，玄機聽見葉片和花片落在他們龜頭。綠腰和紅團口交的風格差別大。綠腰爽捷。紅團殷勤。綠腰坐在月牙兒櫈子上，左手交替撫摸自己的雙乳，右手反覆急搓男人的陽具，舌頭反覆急舔龜頭，特別是馬眼，過程中從來不抬頭看男人，喉嚨默不作聲。看過玄機一絲不掛的男人，在綠腰的急搓下，常常在一陣風中尾椎骨一緊，身體剛剛有一絲顫抖，綠腰的右手就牽着男人的雞雞，射在合歡樹下，雞雞開始噴射，綠腰開始洗手。紅團讓男人坐在月牙兒櫈子上，把男人的兩腿伸開，自己跪在男人雙腿中間，引男人的左手解開自己的紅綾抹胸，手掌抓滿自己的雙奶，引男人的右手解開自己的髮髻，手指深入自己的頭髮，紅團的左手抱着男人的腰，右手扒開男人陽具周圍的陰毛，閉眼，一大口吃進整根陽具，從根部一直慢慢嘬着退出來，直到龜頭，然後再整根吃進，再從根部嘬着退出來，每次，都好像是第一次，每次，吃進得那麼急切，彷彿不吃，雞雞就會消失，永遠消失，每次，退出得那麼緩慢，彷彿全退出來了，雞雞就不能再有，永遠不能再有。紅團先這樣全範圍吞吐幾十下，然後每挪動一下，就停一停，嘴唇使力，壓一壓，抬眼看看男人，判斷一下這個位置是不是這個男人感覺格外爽，比如他會低低呻吟幾下，或者陽具不自主活動幾下，如果是，紅團記住了，在這個部位上上下下、左左右右、深深淺淺慢弄幾十下，然後，再去尋找下一個類似的部位。男人快忍不住的時候，陽具的運動方式彷彿臉部肌肉的抽搐，紅團放鬆嘴唇對於陽具的壓力，左手大拇指壓住陽具根部，抬臉對男人笑笑，想射了嗎？想射哪裏？男人沒有指示，紅團就用舌尖擠壓這個男人陽具上最敏感的部位，男人再也忍不住的時候，紅團雙手捧了陽具，閉了眼，汁液射在臉上，靜一下，陽具徹底平靜，紅團睜開眼，再輕輕親親陽具，陽具還會再抖一下下，紅團親乾淨龜頭周圍，幫男人提上錦袍，臉上的汁液還沒乾。

一百天裏，在長安，在咸宜庵，玄機只遇上一個讓她心上起伏大的男人。那是一個西市的少年獵手。少年獵手三年前來長安城，三年後很多人都認識，他在西市批發各種野味，他身邊一直跟着一隻豹子和一隻鷹，走到哪裏跟到哪裏，彷彿跟着其他獵手的狗。少年獵手第一次來咸宜庵，沒有騎馬，沒有坐轎，齊膝衣、麻練鞋，頭頂上十米飛着一隻鷹，身前十米走着一隻豹子。看門老趙問他是談詩還是佛理，少年獵手說不懂，就想看看玄機，聽說是大美人，比鷹還美，比豹子還美，脱光了更美，老趙一拳打飛少年獵手十米，少年獵手爬起來，示意鷹和豹子不要動手。

少年獵手第十天第十次到來的時候，看門老趙向玄機說，來了一個找打的，我老了，打不死他，也打不動他了，少年人，有氣力。

玄機看到院子上盤旋的鷹和院門口趴着的豹子，玄機脱光了衣服，高髻不散，飾物不褪，絳色紗綾幕籬從高髻一直垂下，遮住全身。玄機慢慢闔上眼睛。

玄機讓綠腰先扒掉少年獵手的齊膝衣袍口交，汁液撒在合歡樹下。

玄機讓紅團扒了少年獵手的齊膝衣再次口交，汁液撒在紅團的臉上。

玄機聽見少年獵手的龜頭眼簾低垂，最後一大滴精液墜到距離腳面不遠的地方再被游絲艱難地拽起。

玄機雙手牽少年獵手的身體進入絳色的紗綾幕籬，玄機雙手引了少年獵手的陽具進入自己的身體。這樣的少年陽具張望四周，在瞬間昂起，在瞬間一陣顫抖。玄機牽少年獵手出來自己的身體，摁着龜頭澆灌紫藤花，少年獵手的龜頭還沒來得及縮小，但是馬眼裏已經充滿恐懼。玄機聽見少年的五官痛苦地扭曲。

玄機聽見，少年說：「我定不住。」

玄機說：「我丟不了。為甚麼啊？你的鷹呢？你的豹子呢？你不是吃豹子奶長大的嗎？」少年獵手聽不見，老趙攙了他扶着牆出去。

玄機坐在腰鼓櫈子上，紫藤花一束束的，一蓬蓬的，一樹樹的，一架架的。

玄機聽見隔壁的韓愈在讀自己前天寫的詩：

紅桃處處春色
碧柳家家明月
鄰樓新妝侍夜
閨中含情脈脈
芙蓉花下魚戲
帶來天邊雀聲

玄機不敢再聽下去了。如果再聽下去，玄機聽到了韓愈走到她面前，叉開雙腳，坐在她雙腿上，隔着衣服，把她的嘴罩在他的陽具上，等她的雙手焦急地扒開衣服，等她的頭在陽具上起伏，等她的嘴叫「爺」。

韓愈每次肏玄機的時候，都會嘮叨，韓愈的陽具在玄機嘴裏的時候，常常問，你喜歡我肏你的時候嘮叨嗎？然後按幾下玄機的頭，你喜歡的，是吧？這幾下按了之後，韓愈的陽具在玄機的頭裏，更深了。「爺，我喜歡的，我喜歡聽爺嘮叨，我喜歡聽爺肏我的時候嘮叨。」

玄機聽到了韓愈説：「我記得你原來長頭髮的樣子，長髮水滑，大奶豐盈。我記得我問你射在哪裏，你説，隨便。我想不好射在你嘴裏還是奶間還是頭髮上，最後射在你嘴裏。其實，我更想射在你頭髮上。我沒定住。現在我能定住了，但是我找不見你的頭髮了。」

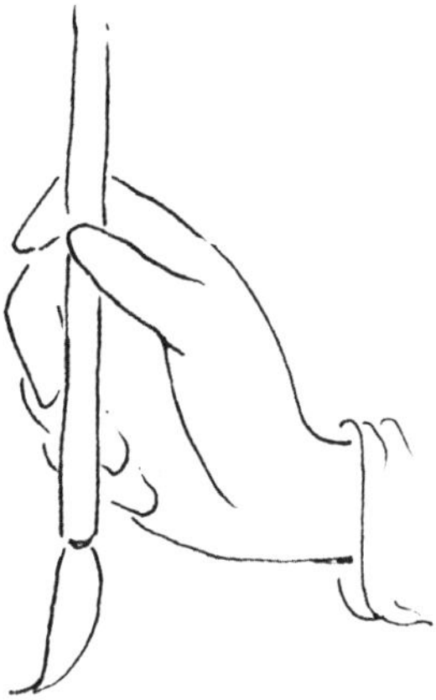

待廿一手舉起莊陽
公主張重的頭髮一手
梳理白色的梳齒慢慢
劃破黑色的頭髮黑色
的頭髮一綹一綹發生鳥
類羽毛才想發生的金屬
光澤

週期

五年前春月，恒春藤花開的前後，髮梢一樣的雨時斷時續，風只能搖動柳樹最末端的樹梢，吹不直酒旗，莊陽公主月經初潮。那個月，莊陽公主向弘忍提出要求，她上香禮佛的時候，周圍只有神秀和尚在一旁站立。

莊陽公主十年前第一次見到神秀，她先聽到的是神秀的聲音。

> 云何無明？善男子，一切眾生從無始來，種種顛倒，猶如迷人四方易處；妄認四大為自身相，六塵緣影為自心相，譬彼病目見空中華及第二月。善男子，空實無華，病者妄執，由妄執故，非唯惑此虛空自性，亦復迷彼實華生處，由

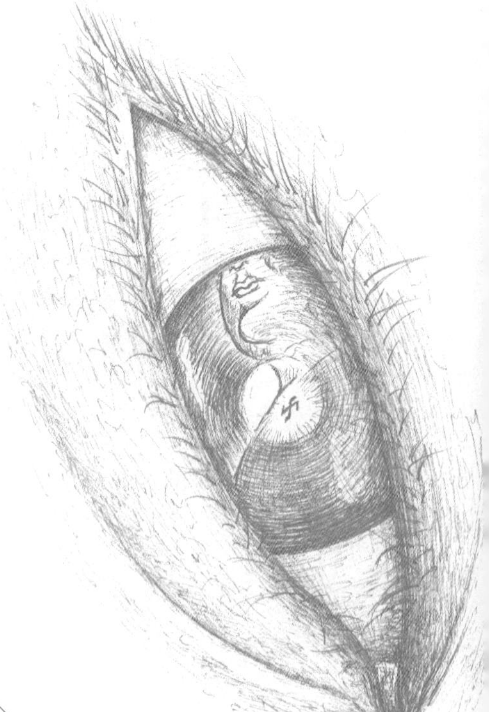

此妄有輪轉生死，故名無明。善男子，此無明者，非實有體。如夢中人，夢時非無，及至於醒，了無所得。如眾空華，滅於虛空，不可說言有定滅處。何以故？無生處故。一切眾生於無生中，妄見生滅，是故說名輪轉生死……知幻即離，不作方便；離幻即覺，亦無漸次。

神秀唸經時，坐得比其他僧眾高一點，聲音從神秀的腦後發出。其他僧眾靜默不動，陽光打下來，被打到的僧袍輕輕搖晃，衣褶縫隙間明暗變化。檀香燃放，沒風吹動，一時不知去哪裏，在僧眾的胸腹脖頸一線上下起伏，窗外透進一陣風，於是上升，纏繞神秀腦後發出的講經聲，一樣意思含混而生動，一同升到屋頂。

莊陽公主那時候個子太小，她看不到神秀整張臉，只能看到神秀翕張的嘴和微微前翹的下巴，就看了一整場這個嘴和下巴。神秀那天講的經文的內容是莊陽公主在回長安城的路上回想起來的，主要內容不是很懂，有一句，莊陽公主有感覺，「一切眾生從無始來」。莊陽公主幾乎見不到父親和母親，他們都忙，忙大事和心事，打巨大的雷，發高燒，也見不到，莊陽公主不知道她怎麼來的，為甚麼來，和周圍有甚麼關係。現在好了，神秀大和尚說了，神秀大和尚說了一句有意義的話，「這其他一切都沒有意義。」還有一句，莊陽公主有感覺，但是不以為然，「知幻即離，離幻即覺」。一切都沒有意義，幻了就幻了，就此沉迷，離它娘的做甚？覺它娘的做甚？走出去不還是幻嗎？索性顛倒夢想，貪嗔癡，花兒如果要開放，哪怕是虛空中的花兒，為甚麼不該盡情開放？莊陽公主最喜歡的是神秀和尚說的三個字，「善男子」，善—男—子，莊陽公主心裏唸，滿眼是神秀和尚的嘴和下巴，善—男—子，陽光和檀香，小腹收緊，想馬上回東山寺，拉神秀和尚的右手，善—男—子，咱們去拿齋飯吃吃吧。

五年前，莊陽公主踮着腳，反覆拉扯弘忍老和尚的僧袍，說，我昨晚夢見血了，早上起來真的有血了，黑紅，死紅，你知道甚麼是死紅的顏色嗎？就是紅到快死了的顏色，我快要死了。我要進香唸經，我要神秀大和尚在一旁，不要其他和尚，不要其他婦女，不要其他人，你也不要，只有他一個和尚，只有我一個人進香。

弘忍和尚說，穀雨前的茶，昨天死在摘茶小和尚的手指上，鮮綠，公主要不要嚐嚐？

這五年來，莊陽公主向皇帝李治老爸要求，免去了東山寺的全部賦稅，修了東山寺連接國道的山路，選了三丈高的金絲楠木重雕了寶殿裏的佛祖像，捐了金銀、瑪瑙、珍珠、松石、蜜蠟、寶石、水晶、珊瑚等七寶若干點綴佛祖像，佛祖像的嘴和下巴雕得和神秀和尚的一模一樣，還多賞賜了周圍三百畝山地，可以種麥、茶、麻、桑樹、桃子和棉花，進香的信徒五年內增加了十倍。

弘忍說：「有空常來喝茶吧，你上香時候，神秀會在的。」

莊陽公主上香的時候，並不低頭，也不看神秀和尚，雙手持着沉香串珠，微微抬頭，斜直地看着彩繪金絲楠木的佛祖。神秀和尚侍立一旁，微笑合十，看着莊陽公主，眼睛睜得不大不小。

莊陽公主對着佛祖像，自言自語說：「我怎麼就看不夠你呢？我怎麼眼睛就挪不開你呢？」莊陽公主的眼睛斜直地看着彩繪金絲楠木的佛祖，佛祖太高，她只能看清楚佛祖的嘴和下巴。

莊陽公主看着佛祖像，繼續說：「我小的時候，每年從長安城來一次馮墓山，進香東山寺，每來一次或者每次來，我的個子就高一點，我的奶就大一點，我的毛就多一點，你的陽具就粗一點，你的毛就多一點，你的個子一直沒變。你怎麼這麼大的和尚了，毛和陽具還是沒停止生長呢？是的，我就知道，我看見的，我總有辦法看見。你說，我怎麼就看不夠呢？因為毛多了，陽具粗了，哪怕是一點點，你的僧袍下面撐開的角度和皺褶就不一樣，何況你不是多一點，不是粗一點，你長得好快啊。弘忍老和尚只跟我說一句話，把木柴劈開，再劈開，再劈開，折騰人啊。我說，是啊，老和尚，我吃了還餓，吃了還餓，明白完了，再糊塗，再明白，再糊塗，折騰人啊。我告訴弘忍老和尚，我不忍了，我不折騰了，我就糊塗了。我如果想得那麼明白，還能決定自己甚麼時候坐化圓寂，死了骨頭縫兒裏還有舍利子，你們和尚不就沒吃喝了嗎？世界上，需要有執迷不悟的，萬劫不復的，痛不欲生的，生不如死的，才顯現你們和尚的價值和可貴啊，我幫你們，我入地獄。」

一時，神秀和尚回看到莊陽公主小的時候，初潮來臨，表情嚴肅，仇恨社會，雙手十指和雙腳十趾塗上猩紅的顏色。神秀和尚看到，莊陽公主看到神秀和尚看到，雙手十指收進袖口，腳趾互相遮擋，糾纏在一起，眼神恢復初潮前的小姑娘模樣。

莊陽公主看着佛祖像，繼續說：「我不知道從甚麼時候開始喜歡看你，眼睛離不開你，你丫真好看啊。後來老爹安排我嫁了一個李將軍，小李將軍。丫原來不姓李，賜給他們家的，搞得我嫁給丫從開始就像亂倫。他爹也是李將軍，其實這個李姓是賜給他爹的。老李將軍幾乎是胡人，打隋朝立了大功，他性能力強，七個老婆，生了三十七個兒子，我們勝利了的時候，只有小李將軍還活着，其他三十六個兄弟都戰死了。小李將軍槍使得好，眼睛長得像你，嘴和下巴都不像你，沒人的嘴和下巴像你，你的下巴很尖，嘴巴的寬度和下巴尖兒的寬度一樣。然後丫死了，丫自告奮勇去打匈奴了，不打仗怎麼顯得丫牛屄呢？他從馬上下來，上我的床上來，丫陽具太小了，完全沒毛。儘管完全沒毛，我還是找了半天，你說，丫陽具有多小？我第一次，從來沒見過，以為都這樣大小呢，我想，怎麼辦呢？我舌頭慢慢舔丫，問題是，丫完全硬了之後，往我嘴裏塞，使勁塞，全塞進來，龜頭還碰不到我牙齒。再後來，小李將軍死了之後，我再嫁了一個詩人，七絕安排得好，二十八個字，唐朝他能排前十。他能感受到常人感受不到的煩惱，春天草綠了，他看到秋天草黃。十五，月圓，他看到初一月殘。他時常抱着我哭，說，看到我桃子一樣蓮花一樣蜜瓜一樣的臉、胸、屁股，他同時看到我衰老之後，桃核兒一樣蓮子一樣蜜瓜啃剩下的皮一樣，他長嘆，他說他痛恨流失的東西，心中的激情，筆下的詩，城外的河水，我美麗的容顏。我當時就罵了他祖宗八輩兒，有這麼聊天的嗎？你媽屄像桃核兒。他不敢罵我八輩兒，他怕生不如死。詩人的腦門長得像你，然後丫也死了，他陽具太大了。我老想，切掉一圈就像你的了。後來，他也死了，自發出血，沒止住，就死了。你說，他怎麼知道我煩他陽具太大，自己拿刀割自己？再後來，我又嫁了一個還俗的和尚，丫字寫得好，尤其是小楷，抄寫的經文對於老年婦女有奇效，燒成灰，黃酒服用，能重新來月經。丫還沒死，現在還沒死，他陽具長得最像你。就是太軟，我懶得嘬他，讓侍女嘬，完全是粉條，一大把粉條，豬肉燉粉條。大是真大，還長，如果騎馬，不用另配馬鞭子。嫁了他之後，我一個月來看你一次，月經來的時候，我極度厭世，就來看你。看你一本正經的樣子，想，如果我讓人把這個如來堂的門封上，把你綁了，然後仔細吃你，你還是那個正經的樣子嗎？你到快射的時候或者真到了射的時候都不叫啊？應該派你到匈奴去，即使被發現是大唐的探子，給你上酷刑，你也不會招。我想，把你吃到甚麼時候，你會把我捺倒。你不說話，脫了我褲子，掄起你雞巴就要插我。我說，我是公主，你不要命了？你說，你是婊子，我不要命了。我說，剛來，血多。你說，就要血多，插着暖和，辣辣的，比平時插着，聲音大很多。我想，你快來的時候，你會嚎叫嗎？你會用雙手掐我的脖子嗎？能掐到我再次高潮嗎？我喜歡你掐我脖子。我聽你講經，你的聲音就像細細的繩子，小牛筋的繩子，一直勒我脖子，善—男—子，善—男—子，我聽着就會慢慢窒息，小腹緊繃，下面就濕了。你的眼神兒更像繩子，我披帛擰成的繩子，更滑，更窒息。你別看我，你看我啊，求你了，勒死我吧，我閉着眼睛都看到你在看我，你勒得我好緊，我下面都流成池塘了，太近了，讓我死吧，我來了。基本想到這裏，我就不厭世了，然後歡喜，然後離開。這些，這一切妄念，我都沒和你說過。但是，它們都存在，那時那刻，此時此刻，實在，不空。」

神秀和尚看到莊陽公主第一次出嫁之後的第一個夜晚，看見她的興高采烈，「我說丫太小了，丫受刺激了，先是舞劍，然後耍槍，然後砍樹，然後喝酒，丫現在醉了，騎馬上街找雞去了。丫碰我了，我想你了，你要不要我殺了丫？我讓人跟着他呢，丫禸哪個雞，就把丫和雞一起抓了，綁了，明天一起送到我爹那裏。我爹要面子，一定送丫去打匈奴，帶幾百匹老馬，帶一千老兵，除了逃跑，不會別的。丫不能逃，回來是死，逃也是死。」

神秀和尚看到莊陽公主左手臂上的白玉黃金臂環，最白的白玉，凝脂一樣，表面似乎滾動清亮的水，三段，中間用黃金連了，黃金上浮雕獅子頭。她的左手臂比白玉還白，透射出粉白的光芒。

莊陽公主看着佛祖像，繼續說：「我不知道從甚麼時候開始喜歡看你，眼睛離不開你。我要殺了弘忍，丫怎麼找到你的？怎麼培養你的？丫去開妓院更有前途啊。殺了所有其他和尚，那都是甚麼和尚啊？我要把這整個兒寺廟給你，十個寺廟，二十八個寺廟，都給你，我的週期裏，每天都來看你，看不同的你，把你塗了彩繪，趴在你身上看你，你眼睛很濕，我喜歡，我喜歡看你眼裏的水。我想和你耍，你修佛的還是修巫術、練下蠱的啊？你穿了我送你的絲綢袈裟，真好看，那個袈裟環也是我送的，真好看。你原來的那個不好，我送的才好。趙國挖出來的絞絲環，戰國的，黃玉的，一千年前的物件了，你操屄的時候戴上，延遲射精，高潮迭起。其實，是一套兩隻，我還留着一隻，也是黃玉的。如果陽具太小，碰不到玉環的邊緣，我就嘲笑丫。如果太大，被玉環的邊緣勒住，我就弄殘丫。現在有多少個公主每月來看你？十個？不能超過二十八個啊，否則至少兩個會在同一天月經，同一天來看你，給你上香。這樣，會出人命的。不超過二十八個也有問題，如果她們同一天月經，同一天來看你，也會出人命的。我想要一件你睾丸皮的皮衣，透明的皮衣，疼痛的皮衣，讓我想死你。你說，我逼你還俗好不好？我殺了現在這個寫字寫得好的，好不好？還是就是現在這樣，我愛你一輩子，肏其他人過餘生？」

神秀和尚看到莊陽公主在這次出門前，花了漫長的時間梳妝。侍女拿着銅鏡站在莊陽公主前面，銅鏡正面莊陽公主的臉，銅鏡背面腰身細長的青龍在雲裏飛，白虎在雲裏飛，朱雀在雲裏飛，烏龜在雲裏飛。另一個侍女拿玉梳子站在莊陽公主背後，神秀和尚看到玉梳背上面雕刻的牡丹開放，花瓣層疊繁密，看到侍女一手舉起莊陽公主沉重的頭髮，一手梳理，白玉的梳齒慢慢劃破黑色的頭髮，黑色的頭髮一綹一綹發出鳥類羽毛才能發出的金屬光澤。侍女每劃一下，神秀看到自己的心口收緊一下。

每次莊陽公主來，都帶來長安城流行的不同髮式。比如椎髻，頭髮高高向上挺起，莊陽公主說，神秀，我夢見了你的陽具。或者墜馬髻，頭髮高高向上挺起，然後九十度角垂下，莊陽公主說，神秀，我夢見了你肏了別的公主，陽具從此不舉。還有螺髻，海螺一樣高高盤旋，莊陽公主說，神秀，我看見你們的海螺法器，想你吹吹我海螺一樣盤旋的身體。

神秀和尚送莊陽公主出門，說：「我覺得莊陽公主的頭髮還是今天這樣盤得蓬鬆一點好看，喜歡你插在髮髻上的小梳子，你有多少把啊？我見過玉的、金的、水晶的、珊瑚的。你喜歡插幾把？你喜歡怎麼插？我的週期和莊陽公主的月經週期一樣。」

偷情的人昨夜裏熱熱地
偷完尽尽和羅羅和安靜
了男人從後面抱了女人
肚皮和後背彼此皮膚大
面積地接觸着羅羅和尽尽
之間再沒有大幅度的抽送
和吞吐綿衾也仔細一起用
手腳掖了掖睡着的时候風
和夢不容易進來

七 茶

莊陽公主去咸宜庵找玄機喝茶。這個月，莊陽公主的月經總是要來，總是沒來，總是快來還沒有來，天總憋着不下雨，所有的葉子和花朵都張着嘴。

莊陽公主腹脹，奶痛，心煩，看花、樹、狗、馬都不順眼，莊陽公主想，掐花、砍樹、屠狗、脔馬。來咸宜庵的時候，莊陽公主沒帶任何隨從，錦囊裏帶了一個喝茶的杯子，轎子留在院子外面。

莊陽公主第一次來咸宜庵是在少年獵人被綠腰、紅團仔細嘬了、被玄機試着脔了之後不久。

莊陽公主穿了一整套胡服男裝，裹了一個小碎花巾子，圓領小袖長衣，小條紋捲

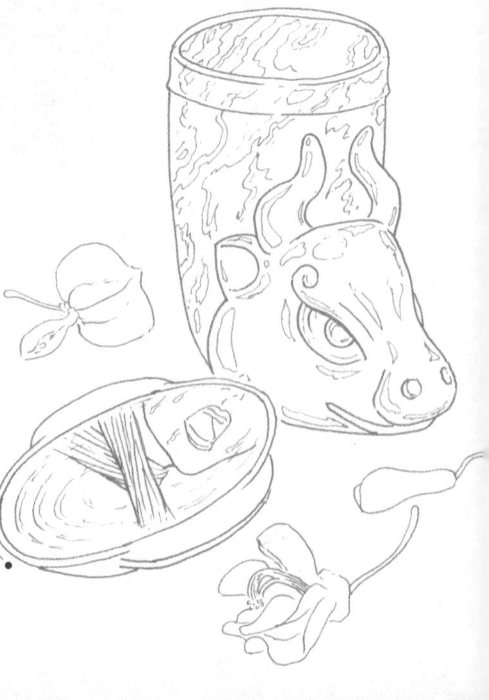

口褲，猩紅軟錦靴子。看門老趙不讓進，莊陽公主的隨從和看門老趙過了十招。看門老趙退進院子，頂上門，和玄機說，這兩天邪性了，那個少年獵人能挨打，韌帶超長，舌頭能舔到自己的雞雞，腳面能踢到自己的屁股，打一次身手長進一大塊，和雨後春筍似的，害得我都不敢打他了，再打兩次，他要是想明白了我打他的節奏，我就打不過他了。今天這個胡人小美男，屁股真翹，隨從的身手太好了，我打不過他。玄機啊，你的地方越來越邪性了，大唐朝最能打的前十，這兩三天內見了兩個。你這地兒不是用來和長安才俊切磋詩文和佛理，偶爾肏肏屄嗎？怎麼快成武館了呢？

玄機見到莊陽公主的第一句話是：公主胸太大，男裝遮擋不住，臉上的皮膚不塗脂粉也能這麼脂粉，如果真是男人，女人還怎麼活呢？你以後換上女裝，常常來喝茶吧。

莊陽公主喜歡玄機，玄機見識過太多男人，莊陽公主想知道男人是甚麼東西，神秀是甚麼東西，也沒胸，沒屁股，也沒美好的臉色，為甚麼看了，小腹就一陣發緊，回去之後，想起他的眼神，小腹還是一陣陣發緊。

玄機牽莊陽公主的手到紫藤花架下。紫藤花盛開，金黃的蜜蜂在花間稍駐即起，稍離又附，蜜蜂的指爪和口器翻動，撩撥花瓣和花蕊，花瓣和花蕊依次撩撥花柱頭，蜜蜂的翅膀振顫，在背景裏發出細密的聲音，幾隻蜜蜂飛起和停駐的節奏不同，一時似乎包含複雜的規律，一時似乎了無頭緒。花架下有青石，青石頂面平滑。陽光從紫藤花和枝葉中透下來，不規則的濃淡不一的影子。午後的風從紫藤花架的前後左右以及上面時入時出，搖動紫藤架周遭的所有夢幻泡影露電，讓規律更複雜或者更無頭緒。

莊陽公主帶來的杯子不大，黃金雕塑的牛頭，琥珀雕的牛角。黃金牛頭做底座，牛眼四十五度角斜睨，琥珀牛角敞口上揚，構成杯子的主體。琥珀打磨得極薄，光完全透過，毫無阻礙，彷彿一把刀劃過一團不同顏色的光，從明黃到深褐到赤紅，極其斑駁騰挪，不同顏色之間，天然的細細的白帶彎曲勾勒，甚麼液體都不盛的時候，也彷彿滿滿地盛了液體一樣的混合在一起的七色光芒。

玄機說：「我有茶。」

莊陽問：「好茶？」

玄機說：「茶。」

莊陽說：「我只有這一個琥珀杯，聽說原來用來喝酒的，我不管，杯子好看，我用來喝茶。」

玄機說：「我有個杯子。」

莊陽問：「甚麼杯子？好杯子？」

玄機說：「杯子。」

玄機的杯子也不大，小孩兒手掌大小。白玉厚潤，紅沁絲絲滲入，紅線從表面直入腠理，顏色從血紅漸漸金黃，杯子素面無紋飾，長圓形，雙羽翼，放在青石頂面上，一端微微傾斜，等待一陣稍大一點的風，雙羽翼上下扇動，展翅飛走。天有些陰了下來，飄起游絲一樣的雨，輕到落不直，斜斜落在器物表面，反升到空中或是滲進玉石裏，瞬間消失。

莊陽說：「這樣的漢武帝羽觴杯，我爸也有一個，也是玉的，沁色沒有你這個好，太宗皇帝給的。皇帝嘛，對於自己的死通常非常事屄，內心充滿矛盾，他們彷彿管很多事兒，大事兒，硬撐着非常大器，其實，甚麼古怪的小事兒都記得，八歲時賭錢，村長的兒子賴了一吊錢，他們都會記得，一直嘮叨，過去錢值錢，那時候的一吊錢，現在相當於多少多少錢，那時候沒錢，一吊錢的感覺相當於現在多少多少錢。太宗皇帝也是皇帝，他考慮了很久，拉哪些他肏過的女人陪死。誰也不知道極樂世界啥樣兒，死了之後，暫時升不了天，就可能會在墓裏呆很久。拉個機心重的、屄松的、頭髮不滑的、體味難聞的、正經事兒甚麼都想得明白，不正經事兒甚麼都想不明白的女人，一起呆在墓裏出不去，很煩的，畢竟在墓裏也沒有天下和江湖，正經事兒想得那麼明白，有狗屄用啊？所以他沒拉着武媚娘陪他死。好玩的器物也一樣，鎮不住的，一起入土，躲都躲不開，還是不帶進去。這個羽觴玉杯子就是其中之一。太宗可喜歡這個杯子了，蹀躞帶上老帶着。聽說有一次，他拿着羽觴玉杯子第一次喝酒，就噎着了，打了三天嗝，殺了一個御醫，嚇死一個御醫，才不打嗝了。類似的羽觴杯，我還看見一個老和尚有，不是弘忍臭和尚，但是那個老和尚的是滑石的。這麼好的杯子，你有好水嗎？」

玄機說：「有水。」

第一泡，玄機喝到泥土、露水和春天的早上。

等了很久的春雨在一個眾人夢裏的早上到來，從天到地，下墜，露水留在枝葉上，雨水打濕泥土。偷情的人昨夜裏熱熱地肏完，屄屄和雞雞都安靜了，男人從後面抱了女人，肚皮和後背，彼此皮膚大面積地接觸着，雞雞和屄屄之間再沒有大幅度的抽送和吞吐，錦衾也仔細一起用手腳掖了掖，睡着的時候，風和夢不容易進來。儘管捨不得睡，但是，一切沉靜，皮膚的觸覺慢慢形成不了意識，男人抓着水一般滑的頭髮的手也漸漸僵了，鼻子裏的脂粉氣被錦衾周圍籠罩的空氣流轉均勻，女人一個輕微到不易察覺的轉肩，從後面淺淺咬着女人手臂的男人的牙齒就像白花瓣一樣墜落了。天泛白的時候，雨下起來了，留在天地間的水汽和打在地面上濺起的土氣滲進屋子，踹出錦衾的女人的一隻腳一冷，鼻子就聞到了，臀部動一下，男人還睡着的雞雞還半軟不硬地舔在自己的兩臀間。女人眼睛一直沒有睜開，縮了感到冷了的那隻腳，轉了身，抱了這時自己的男人，緊了緊周圍的錦衾，往被窩深處又潛了潛。

莊陽脫了粉白的披帛，脫了蜀繡的半臂，露出粉白的長裙和肉，手粉白的手指在琥珀杯子外壁上稍駐即起，稍離又附。

莊陽說：「好喝，水燙，我有些熱了。」

玄機說：「你臉上膚色真好，蓮花瓣一樣，釉一樣，蜜一樣。」

第二泡，玄機喝到桂花、杏花和櫻桃。「做為木的茶，被水泡了，被火煮了，被玉石雕琢的杯子盛了，怎麼會有花朵和果實的味道？我被水洗了身子，梳了頭，被韓愈的眼睛看一陣，我身體怎麼也會有花朵和果實甚至雞蛋、小貓和小狗的味道？」

「最近用甚麼香水？」玄機問。

「大食傳過來，聽說主要是一種鹿身上的香料，安息產的。還有一種，也是大食傳過來的，不知道誰做的，聽說主要是海上大魚身上的香料，一條大魚比一個教坊還大，《莊子》上說的鯤就是那麼大吧。還有琉球用櫻花做的，混了沉香粉，也好，淡些，有些高句麗人在長安賣。我下次帶給你。總的說，彷彿都是要動物或者植物在漫長的歲月裏和自己折騰，折騰很久，或者是動物和植物在漫長歲月裏互相折騰，折騰很久。」莊陽說。

玄機想起她和韓愈剛成婚，住在韓愈家的時候，韓愈說，文章不在寫得多，在於寫得好，能流傳久遠。韓愈做愛和文章一樣，一天裏，不多，最多脔兩次，但是每次脔的時間很長，很折騰，而且每天都脔，每天折騰出來的味道都不同，有時候更靠近植物，多數時候更靠近動物，但是細細想，又說不上具體是甚麼植物，哪種動物。這些晚上脔出來的香往往在院子裏盤旋很久，貓和狗不安地叫，叫聲和香氣一起，在院子裏盤旋很久。玄機在教坊裏職業被脔那麼久，也沒留意到有甚麼香從其他男人脔自己的雞雞裏出來。玄機錢不夠用的時候，也裝過幾次高潮，但是這種香氣，裝不出來。

「不用替我買香了，我隨便問問。」玄機說。

「沒事，他們給我送來的時候，我留給你就是了。」莊陽說。

第三泡，玄機喝到蓮花、蘭花和胡桃。

莊陽的頭髮又多又長，三泡熱茶之後，鬢角露出一些汗珠。玄機第一次吃韓愈雞雞的時候，玄機的頭髮又多又長，散在韓愈的肚皮上，韓愈說，肋骨以下全是泉水，涼。

曾經有很長的一段時間，每天早上，陽光入窗櫺，一弦弦一柱柱的，手指撥過去，遙遠地響，韓愈喜歡給玄機梳頭和上妝。最初的幾次之後，玄機心裏暗暗嘆氣，文章順暢和佛理通曉的男人，肏屄和梳頭竟然也能做好，事物是相通的。肏屄和梳頭在韓愈那裏變換出很多花樣，頭髮可以盤成各種樣子，雲髻、驚鵠髻、同心髻、羅髻、雙環望仙髻、椎髻、墜馬髻、鬧掃髻、拋家髻、鸞鳳髻，每種樣子可以插上不同的折枝花，牡丹、菖蒲、菊花，纏枝蓮、團花，不同的折枝花可以配上不同質地的簪步搖釵，銀的、金的、鑲玉的、鑲雜寶的，不同簪步搖釵可以配上不同樣式的眉毛，鴛鴦眉、小山眉、五岳眉、三峰眉、垂珠眉、卻月眉、分梢眉、涵煙眉、拂雲眉、倒暈眉，不同的眉毛可以搭不同的披帛，薄紗衣，長裙。

韓愈站在玄機後面，擺弄玄機的頭髮和臉，玄機的頭髮在陽光下大面積金屬般延展開，映出韓愈拿梳

子的手的影像，玄機的臉色像玉像湖水像天色，在陽光下液體一樣氣體一樣蕩漾，玄機感到韓愈的雞雞驀然跳起來，硬硬地頂住自己的後腰，隔着彼此的衣服，透過來絲絲的熱氣和隱約的潮濕。隨着韓愈的撥弄，玄機在韓愈的手上逐漸花朵一樣開放，高髻、花冠、金步搖、濃暈蛾翅眉、內衣紅地藍花大團窠纈、薄質鮫綃披帛、容花紗長裙。一時風吹來，樹葉沙沙響，金步搖叮噹，韓愈在玄機的身後，臉貼着玄機的頭髮，嘴咬玄機的耳垂兒，小聲說，你太好看了，我硬了。玄機沒回頭，說，我也不行了，下面的花朵也開了，小腹往下墜，一陣陣發緊，汁水流出來。

韓愈的手撩起玄機的紗長裙，扯落披帛，解開內衣，雞雞從玄機盛裝的後面插進去，韓愈的手放在玄機的兩瓣臀部，手上面是玄機沒被褪盡的衣服，韓愈的手沒敢碰一點點玄機完美的高髻和眉毛，那是遙遠的山和草木，天造的，碰巧讓人看到的，韓愈抽送了近百下，金步搖一直搖擺，玄機扭過頭來看了韓愈一眼，眼裏的水和山和草木連在一起，汪洋一片，韓愈的雞雞在瞬間變得很大，玄機扭着頭皺了皺眉頭，疼，韓愈在下個瞬間就射了，射得屁滾尿流。

等韓愈安靜下來，玄機說，爺，要我把衣服都脱了嗎？我的皮膚比絲綢更順，我頭髮和眉毛和臉上的妝都留着，你要不要再插插我幾百下？你再射射好不好？然後你再歇一歇，我把頭髮散開，你還站在我背後，我頭髮垂下去，把你的雞雞埋在我頭髮裏，它很快就暖和了，它很快就又硬了，它比你強大，它比你更想我，我雙手反伸過去，拿大把大把的頭髮纏你的卵，你左卵比右卵低，為甚麼呢？

第四泡，玄機喝到滿月、清風和煙草。

玄機問：「到你院子裏這麼多男人，街上這麼多男人，你怎麼挑？」

莊陽說：「挑好的。」

玄機問：「甚麼是好的？」

莊陽說：「好的，好的，一時間，最好的，一切所有其他比不了的。」

第五泡，玄機喝到秋山、柏樹和雞叫。

玄機說：「你常去馮墓山，東山寺弘忍老和尚還好嗎？」

莊陽說：「神秀好，他的新袈裟好，我送的，他穿着有樣兒，看了就想撲倒他或者被他撲倒。」

玄機說：「我聽說一個叫不二的小和尚常常作詩，最近的五絕是『松下問童子，言師肏屄去。只在此山中，雲深不知處』，他的老師不是弘忍嗎？弘忍在甚麼地方肏屄呢？」

莊陽說：「神秀的龜茲話說得越來越好了，快和你的龜茲話差不多了。」

第六泡，玄機再次喝到泥土、露水和春天的早上。

莊陽說：「茶已經只剩水味兒了，這個水有一點點的甜。最近金星逆行，我心緒不寧，我想戒色三個月，佛啊，收了我吧，我要怎樣才能一頭撞散在你懷裏？你要是大樹，我就爬你，你要是肉，我就咬你，你要是大雞巴，我就舔你。」

玄機想都沒想，一碗剩茶潑在自己的屄上，一把扯莊陽又多又長的頭髮，一手按莊陽的頭顱在自己的兩腿之間，說：「既然茶沒味兒了，金星逆行，我是大樹，我是肉，我是大雞巴，爬吧，咬吧，舔吧，叫，爺。」

莊陽還沒來得及反抗，玄機一掌抽得莊陽暈眩，然後感到頭被更緊地按到屄上，嘴唇和陰唇貼在一起。玄機說：「好好爬，好好咬，好好舔。」

莊陽快喘不上來氣的時候，玄機解下自己的披帛，纏繞莊陽的脖頸，然後，收緊。

莊陽擠着嗓子喊：「使勁兒。」玄機絲帶再收緊。

莊陽擠着嗓子喊：「你的屄怎麼會這麼香？我怎麼會想起來神秀的眼神兒？我昨天去夢見桃花，一樹一樹的，天都是粉的。然後桃花就在一瞬間結了桃子，還是粉白的，然後桃子就成了神秀的臉蛋兒和屁股蛋兒，然後弘忍就開始摸神秀的臉蛋兒和屁股蛋兒，罪過，罪過，我罪過，弘忍罪過，然後就看到神秀的眼，眼神兒，絲帶一眼，夢裏，夢裏喘不上氣兒來了。玄機，你再使勁兒，再使勁兒。」

玄機絲帶再次收緊，莊陽公主的嘴敞口上揚，莊陽公主的臉變成琥珀色，從明黃到深褐到赤紅，極其斑駁騰挪，不同顏色之間，大顆大顆的汗珠流淌，然後全身在一瞬間癱軟下去，被水全部浸泡。玄機鬆開披帛，擦了一下自己額頭上的汗水，說：「因為我每天拿大麻水洗它，茶潑上去，就會香，紫藤花架周圍也點了迷香，阿育王公主澤茄瑪迪的配方，這是第七泡。」

莊陽許久喘上一口氣來，看着紫藤花架，問玄機：「最近好些人喜歡番僧，高鼻子，挺挺的，藍眼睛，亮亮的，黃鬍子，卷卷的，陽具巨大，從下面捅進去，從嘴裏竄出來，馬眼看你一眼。你喜歡嗎？」

玄機收起絲帕，說：「莊陽公主，我喜歡你。」

甚麼是達摩祖師西
來意

庭前恒春藤

屋簷下雨水滴下來了嗎

等我唱罷黃河水再告訴
你

我有八塊腹肌 我想給你

你先回去 過一陣再來

西來

神秀和尚叫不二上午打掃完廁所就去庫院東邊的臼屋找他。

天氣漸漸熱了，今年的草木禽獸叫喚得特別厲害，風過一陣，草木殺殺一陣，禽鳥啊啊一陣，小獸在草木叢中追着天上的禽鳥噠噠跑一陣。金星逆行，神秀和尚感到有些事情的來臨會比預想得快些，比如弘忍大和尚交出衣鉢，比如弘忍大和尚的圓寂。

昨天，唐高宗皇帝李治叫人送來一封信，說讓他務必在近期去趟長安，想讓他在全國範圍內挑選兩百個龜茲語優秀的和尚，重振譯經堂，對佛是好事，對漢語是好事。皇帝李治信裏初步的想法是每年選派二十個和尚去西域，龜茲、大月支、大食、安息、天竺、大秦，要比玄奘走得更遠，帶回來最新的佛經、兵書、工藝、糧食收穫以及沿途各個國家的軍隊佈防及宮廷鬥爭的情況，對佛是好事，對漢語是好事，對大唐也是好事。皇帝李治在信的最後叮囑，這件事不一定需要弘忍和尚知道，他年紀大了，燈枯神竭，每天和譯經堂二百個和尚每人說一句話，就要累倒不起了。皇帝李治告訴神秀和尚，他已經另外給弘忍和尚寫了一封信，說天竺來了三位高僧，希望東山寺派出幾個高僧去切磋佛法，路途遙遠，弘忍和尚就不要自己去了，讓神秀和尚帶隊來長安吧。

從初祖達摩開始，禪宗衣鉢的傳遞向來秘而不宣，完全是在全封閉的狀態下進行，除了交出衣鉢的上代宗主，沒有其他人知道操作的過程、甄選的標準、風險的控制等等。活着的人當中，除了弘忍大和尚，甚至再沒有其他人見過這套衣鉢，也再沒有人知道衣鉢的存放地點。因為秘而不宣，所以有各種傳說。有的說那件袈裟上描滿金線，綴滿世間罕有的各種寶石，珊瑚、松石、水晶、琥珀、白玉、碧璽，每顆都是栗子大小的，漆黑的夜裏拿出來，晃得人睜不開眼睛，乾旱之年，大和尚穿上它唸兩個時辰的經，天上就會下起大雨。有的說那個鉢是個不大的金碗，上面高浮雕，雕了四匹長翅膀的馬，曾經成為過景教、回教、拜火教的聖物，最後由達摩帶到中土，饑荒之年，鉢裏放十顆米，轉眼就是一滿鉢的米飯，吃了還有，吃了還有，夠幾千人吃飽。也有另外的說法，衣就是普通的袈裟，鉢就是普通的飯鉢，就是初祖達摩用過，怎麼洗，都洗不掉達摩作為一個天竺人多年使用之後的味道，所以成了傳宗信物。更極端的說法是，本來就沒有衣鉢，衣鉢只是一個象徵的說法，其實也沒衣，也沒鉢，據說，道信和尚傳衣鉢給弘忍和尚的時候，只是狠狠抱了抱弘忍和尚，彼此笑了笑。

總結已經發生過的四次衣鉢傳遞，歷代僧人們達成幾點共識。第一，上代宗主有絕對決定權，一個人決定衣鉢誰得，他不需要和任何人商量，他甚至可以反對所有人的共同意見。第二，上代宗主交出衣鉢之後，往往會很快圓寂，往往死相莊嚴安詳，面帶微笑。死的時候天氣和人事反常，六月雪、冬雷陣陣、寺廟周圍百里一年內出生的都是男孩兒。第三，參與競爭衣鉢而最後沒得到衣鉢的和尚，往往也會很快圓寂，往往死相難看，有明顯被下毒或者被鈍物擊打的痕跡，陽具被剁掉，睾丸被捏碎。第四，儘管佛法的領悟是應該考量的唯一標準，但是縱觀過去四次衣鉢傳遞的情況，似乎都綜合考慮了繼承者吸引善款、招募信徒、攀附權貴的業績、能力和潛質。

神秀和尚在過去幾年中反覆盤算自己的勝算。在東山寺，無論是因為神秀而來的捐款，還是因為神秀而來的權貴，都佔絕對多數。信徒數目和慧能的相比，在一個數量級，如果仔細清點，還是神秀的多些。至於佛法通達這件事，本來就沒有標準，誰見過佛？孔丘的言論被紀錄成為《論語》，和孔丘時代接近的佛陀，甚麼文字都沒留下。神秀想：「得道又不是痔瘡，誰知道自己有沒有得道？我號稱得道了，誰又能證明我沒得道？得道與否比長相好看與否還沒標準，關鍵看標準掌握在誰手裏。」

上次高宗皇上賜東山寺葡萄酒，弘忍說，沒得道的喝酒容易醉，醉了容易走上狂禪的邪路，再說，酒的數量實在少，不如他自己一個人喝了吧。第二天吃飯前，弘忍的老臉比平日臃腫，眼睛發直，說，在東山寺佛殿前的庭院裏我看到兩個人，一個是尼姑，另一個也是尼姑。說明了甚麼意思？

有和尚說：說明了弘忍大和尚追求至道的態度。已經得道多年，還是承認自己一時的反覆，看到心魔如毒龍，千丈高。

有和尚說：說明了至道無別。禪寺就是尼姑庵，和尚就是尼姑，一個就是兩個。弘忍大和尚的道行真是高深啊。

有幾個和尚默默離開了東山寺，心裏想，媽屄，甚麼狗屄問題，我怎麼知道？

弘忍點名問神秀，神秀說：弘忍和尚沒有直接說看到兩個尼姑，而是說一個是尼姑，另外一個也是尼姑，說明了弘忍大和尚在追求至道過程中偶爾體會到極其苦悶的心情。弘忍點了點頭，沒說話，接着問慧能。慧能說，哪裏有尼姑？尼姑在哪裏？老和尚指給我看。弘忍沒點頭，也沒說話。

停了停，弘忍總結發言，看來啊，以後啊，有葡萄酒，還得我一個人喝。

但是，無論得道如何沒有標準，現在對於神秀，其他一切就緒，唯一能進一步增加勝算的地方就是熟讀教義，精進佛法。

神秀再讀楞伽體系還是般若體系的經書，於事無補。從初祖菩提達摩開始，到二祖慧可和尚，到三祖僧璨和尚，到四祖道信和尚，到現在五祖弘忍和尚，禪宗的教義都靠禪師間言傳身授，沒有任何文字。神秀和尚很早就開始了對於這種口耳相傳的文字整理，這種整理完全是在暗中進行的，最後執筆記錄的都是神秀和尚自己。神秀和尚時常不能完全理解他的記錄，他沒過份苛責自己，他歸咎於當時和尚們的修為瑕疵以及長時間反覆交流過程中的口誤耳誤。隱秘中十年過去，神秀和尚已經記錄了超過三百則的交流場景，他非常確定，在所有禪宗資深和尚中，只有他有這麼完整的記錄，這些記錄或者類似的變種將直接被用到印證得道與否和選拔下一代領導人的過程中。

這本記錄神秀和尚只給不二小和尚看過。不二做考官，從這三百多則記錄中隨便抽選，和神秀和尚做模擬問答。

神秀和尚對不二沒有戒心。不二還是個小孩兒，陽具還沒發育完全。不二是個掃廁所的，和弘忍老和尚以及慧能和尚都沒關係，和誰都沒關係。不二的嘴緊，甚麼閒話都不說。神秀和尚測試過不二的嘴緊程度。神秀和尚第一次和不二閒聊，告訴不二，弘忍老和尚的韌帶好，比初祖菩提達摩、二祖慧可、三祖僧璨、四祖道信都好，好到陽具勃起時，彎腰可以自己給自己口交。過了三個月，沒有任何其他人告訴神秀，弘忍能自己給自己口交。如果有人傳，弘忍發現了，先倒霉的是不二，然後是慧能和尚。即使不二說是神秀和尚講的，誰會相信呢？神秀和尚這樣神秀，一輩子沒有講過一個髒字，慧能從來就雞巴不離口。第二次，神秀和尚告訴不二，慧能和尚其實認識字，認識好多字，說出的夢話常常是王昌齡的詩。不二說，這個他早就知道。第三次，神秀和尚告訴不二，弘忍老和尚最大的愛好是雞姦。不二說，這個不對，弘忍愛好雞姦是以前，那時候他修為還淺，弘忍愛好雞姦是因為沒有見過美好的婦女，現在他修為高，現在他熱愛婦女，不用婦女，不用小和尚，不用自己手，想像着他心中美好的婦女，也能隨時隨地到高潮。

不二拿着習題書，問神秀：「甚麼是達摩祖師西來意？」

神秀說：「庭前恒春藤。」

不二接着問：「甚麼是達摩祖師西來意？」
神秀說：「屋檐下雨水滴下來了嗎？」
不二接着問：「甚麼是達摩祖師西來意？」
神秀說：「等我喝乾黃河水，再告訴你。」
不二接着問：「甚麼是達摩祖師西來意？」
神秀說：「我有八塊腹肌，我想脅你。」
不二接着問：「甚麼是達摩祖師西來意？」
神秀說：「你先回去，過一陣再來。」
不二接着問：「甚麼是達摩祖師西來意？」
神秀沒直接回答，改變話題說：「不二啊，你將來比我還慘。你說，這種問題，達摩祖師剛來的時候，一定沒有。他自己西來，當然知道自己為甚麼來。二祖慧可的時候，這種問題都不一定有，達摩漢語這麼差，而且還是持不語戒的，多半不會問慧可。到了我現在，幾乎有十種以上的答法。到了你長大，一定上百種。你慘了，考慮還俗吧。」
不二說：「神秀啊，你知道嗎，達摩當初來到中國完全是迫不得已。佛教創立不久，就發生了教派紛爭，釋迦牟尼和他表弟提婆達多就開始勢不兩立。釋迦牟尼說，我上極樂世界，信我的人都上極樂世界，到處都是陰道，陰道裏到處是酸奶和酥油，想想就極樂，你下拔屄地獄。提婆達多說，我上極樂世界，到處都是陰道，陰道裏到處是酸奶和酥油，想想就極樂，你下拔屄地獄。後來釋迦牟尼發展的教徒比提婆達多的多、富有、下手兇狠，提婆達多派就成了支流，潛入地下，達摩就是這一派的新一代教主，天竺國香至王的第三個兒子，被釋迦牟尼派追殺，逃到中國。」

神秀說：「你聽誰說的？」

不二說：「達摩留下了一本梵文日記啊，還有漢文翻譯呢，就藏在他打坐的蒲團裏面。你沒看過？其實，還有更詭秘的地方，達摩如何能逃這麼遠？他得到了大食國的資助，大食國給了他二十四駱駝，怕他在大漠裏忍不住肏駱駝，還給了他兩個強壯的女人。大食國很想知道，中土帝國有多強大，那裏人類的頭腦都被甚麼控制，大食還有沒有機會挑戰中土帝國等等。達摩一進龜茲就被我中土帝國盯上了，他沒敢停吐蕃，留下幾本小冊子，就跑到江南去了。在江南呢，他見了梁武帝。梁武帝問達摩，甚麼

是佛法第一要義？達摩說，沒有要義。梁武帝再問達摩，我對着的是誰啊？達摩說，不認識。梁武帝煩了，叫達摩走路。達摩才又北上，到了少林寺。達摩在日記裏寫，他不是沒有想過，如何在很短的時間裏迷倒梁武帝，迷不倒帝王算甚麼大和尚？為了見到梁武帝，他牛血紅的唸珠也給了大太監。達摩寫道，自己是一個不太會說漢語的外來和尚，如果像梁武帝常見的和尚一樣仔細分析佛法，一定是輸，不如少說，甚至不說，反而顯得高深，第一面迷住梁武帝之後，第二面、第三面再爭取迷倒他。後來險棋不成，但是立下的風格不能輕易更改，否則連翻盤的機會都沒了。到了嵩山之後，找了一個洞穴，面壁，一句話不說。但是讓人傳出話去，這個天竺和尚一年沒說一句話了，這個天竺和尚兩年沒說一句話了，這個天竺和尚三年沒說一句話了，這個天竺和尚四年沒說一句話了，這個天竺和尚五年沒說一句話了，這個天竺和尚六年沒說一句話了，這個天竺和尚七年沒說一句話了，這個天竺和尚八年沒說一句話了，這個天竺和尚九年沒說一句話了，這個天竺和尚十年沒說一句話了。梁武帝還是沒派人來請他，後來，他死了，死前把衣鉢傳給了二祖慧可，梁武帝還是沒派人來。這本日記，我爺爺叫人從宮裏拿出來給我看的。我爺爺，宮裏的，有權有勢，你見過的啊，笑嘻嘻，沒鬍鬚。」

神秀說：「你也給我看看，好不好？」

不二頓了頓，說：「其實，我是騙你的，這你也信？你怎麼甚麼都信呢？我爺爺還安排弘忍傳衣鉢給我呢，我就是六祖了，你們都得給我端洗腳水，這你也信？我掃廁所的時候，在廁所牆壁上看到的。我怎麼會梵文？不信？不信我帶你去廁所，我剛在說的都在廁所的牆壁上，你自己去看吧。」

黑夜其實從來就不是
黑的黑夜里合歡花還
是紅的毛綫〻的紫藤花
還是紫紅色的和黑夜還
是白天沒有關係 就像
我想你和黑夜還是〻白
天沒有关系和晴天和下
雨沒有关系甚至和你知道
不知道都沒有关系

枕草

玄機決定做一件小姑娘才會做的事，她拿起筆，研好墨，鋪開紙，用蠅頭小楷，拉拉雜雜地寫了很多頁。

「黑夜其實從來就不是黑的。黑夜裏，合歡花還是紅的，毛絨絨的，紫藤花還是紫白色的，和黑夜還是白天沒有關係。就像，我想你，和黑夜還是白天沒有關係，和晴天和下雨沒有關係，甚至和你知道不知道都沒有關係，儘管我還是會盡量讓你知道，想到這裏，於是歡喜。

「黑夜快到天亮的時候，就更不是黑的，水霧和炊煙是白色的，天空和房屋是深藍的，蠟燭光和天光是紅黃的，雞叫、狗叫、人聲都是溫暖的。就像，我知道你要來

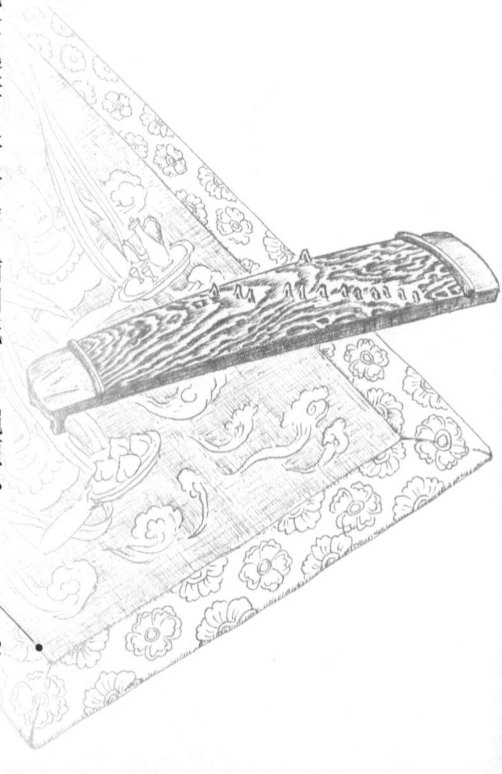

了，在路上還沒有人的時候，在天亮之前，我心裏就有各種光亮，透過我的胸膛，在厚厚的帳子裏，在我兩乳之間，彩虹一樣，於是歡喜。

「你來的時候，天如果是冷的，我就給你一杯熱的奶，把你的頭放在我兩奶之間，它們都比你的臉要白很多，喝點熱的吧。你慢慢喝了，你的頭一動不動，我的心就熱了，有熱熱的蒸汽騰起來，於是歡喜。

「白天，我在紫藤花架下，我終日無所事事，太陽照下來，打在我身上，明明暗暗地，有時候是撞擊，更多時候是舔和撫摸。在撞擊、舔和撫摸之下，我的毛孔慢慢張開，汗毛舒展，汗和血想往身體之外流淌，每一個皺褶都在等待被熨平，每一個孔洞都在等待被填滿。我想，媽的，我一旦安靜下來，我就是在等你肏，泉水流過皺褶，皺褶被碾過，一切平和，於是歡喜。

「你來，我穿甚麼呢？剃度前，見你的時候，還記得嗎，我梳甚麼樣的頭髮？我那時好像常穿一件小袖長裙。朱綠相間，有小簇的折枝花圖案。再加個披帛，顯出我的肩膀。穿小口的條紋褲，透空軟錦靴。再戴上個長蛇樣式的多匝金鐲子。我是梳一個普通的雲髻吧？我的臉很白，黑頭髮往上梳，一絲絲地，半透，透過頭髮看得到我臉上的白白的皮膚。你想想看，我當時像不像你的一個宮女，盤算着、期望着，你甚麼時候來肏？

「你來的那一天，在當時看來，非常短暫，我不知道應該用來幹甚麼，我就用雙手把它端起來，彷彿一杯滿滿的水。可是最終不是一杯滿滿的水，因為，即使一口不喝，它還是在一天完結的時候全部消失，所以那一天不是水。那一天在過去之後，變得很長，彷彿一棵桂花樹，年年都會有桂花香，還可以做成桂花糖，放在嘴裏，慢慢地舔、撫摸，等它化掉。佛說這是幻象，不是真的。一天就是一天，小到沒有，大到無限，那一天裏的所有事物都被一片一片地儲存了起來，在另一個空間裏整齊地擺放着。但是甚麼是真的呢？和那天本身一樣，那天裏所有的事物都是流動的，一直在尋找定型的樣子，剛剛找到就又開始尋找流動的方向，彷彿溪水在結冰之前，彷彿冰在剛剛融化之後，比如樹上的合歡花，比如我的陰蒂，比如你的雞雞。偷偷告訴你，為了看到那些儲存起來的一片片的一天，我才修禪，我想再看一眼，我在乎，於是歡喜。

「既然怎樣都會消失，我們怎麼喝這一天呢？我把這杯水煮開吧，煮成稀稀的蒸汽，你站在蒸汽裏，別浪費，都糊在你身體上，每個毛孔。然後我開始喝了，你別動啊，我不要你動，這樣水就跑了。我有細細的皮繩，羊腸做的，綁你，然後一寸一寸喝起來，一個角度一個角度喝起來，喝一天，於是歡喜。

「我說，讓綠腰和紅團一起來喝你吧，儘管這不是我的習慣，但是我想，你或許會喜歡。你說，好吧，儘管那也不是你的習慣。為甚麼綠腰和紅團喝你的時候，你微笑得那麼慈祥，笑得那麼沒有性別。綠腰的頭髮很黑，紅團的頭髮偏黃，我的頭髮如果長出來，會是甚麼顏色呢？綠腰在你身上撒桑葚，紅團在你身上撒覆盆子，喝一下你的皮膚，吃一顆水果，我只喝你的皮膚上細細的水。我想，你眼睛裏看到的景象應該很好看。綠腰和紅團的頭髮都很好看，開放在你腰間，應該比牡丹好看，一絲絲的，一團團的，應該比鳳凰好看。我問你，爽嗎？你說，癢癢，不要了。我問，需要她們在旁邊看着我喝你嗎？你說，癢癢，不要了。綠腰和紅團收拾起她們的頭髮和水果走了，你開始猙獰，像你腰裏的商朝玉虎，你腰裏也有翅膀，背上也有雲氣，和那個老虎一樣。你笑得那麼不慈祥，你說，死是如此溫暖，我說，同意，用你的陽具捅死我吧，我就是該被你捅死的。你就往死裏捅，每一下都惡狠狠的，每次我都沒死，但是非常溫暖，我說，捅死我吧，既然死是如此溫暖。你扒光了我所有的衣裳，然後讓我再穿上我的透空軟錦靴，我的細金絲胸衣，我的細金絲底褲，你說，我的肉身上穿上一點點，更想捅死我。在我死了多次之後，我開心了，於是歡喜。

「我喜歡長安城，多麼大的東西放在裏面都變得很小，老虎像貓一樣普通，大象像豬一樣遊蕩，連你都變得很小，在我的眼睛裏，平靜、安詳，你還沒有你的陽具大。鐘聲響了，天晚了，街上的人又消失了，那些面目模糊的人又出現了，他們送你來的，他們又來接你回去，鐘聲響了。你走吧，我被你捅成這個樣子，腰以下都腫了，起不來送你了。

白鴿飛時日欲斜，
禪房寧謐品香茶，
日暮鐘聲相送出，
箔簾釘上掛袈裟。

「你常來和我耍吧，需要做的文章交給你的小妾吧。所有人都說她很行的，你們家的將來有依靠了。聽說，她熱愛思考，勤於動筆，寫過《內訓》、《外戚戒》，她常常夢見自己的兩腿間長出睾丸和陽具，邁開兩腿，在陽光下奔跑。顯慶元年之後，你就得了風疾，看了文章就眩暈、頭疼，我想起來就心疼，其實，男人可愛在於弱點，你別逞強。找些手腳麻利的醫生，偶爾在你百會穴和腦戶穴放放血，症狀會緩解。其實，我忘了告訴你，最好的方式是你常來我的咸宜庵，甚至住一小陣，多肏肏我，甚麼都別想，比甚麼都強。想甚麼呢？江山已經是你們家的了，你再好也比不上你爹李世民，你再差也不會在你手上丟了江山，你家的江山氣數遠遠沒有完結。你的媚娘小妾你爹李世民睡過，而且不只一次，聽老太監說，兩人都相當開心。你不是因為這事兒彆扭得了風疾吧？你啊，是不是插媚娘小妾的時候就看到你爹李世民的臉？甚至聞到你爹李世民陽具的味道？萬事兒要往開裏想，其實，對於這件事兒，你應該覺得想不開的應該是你爹李世民才對，你應該夢見他從墳地裏跳出來找你算賬才對。我新學了一種助陽術，直接把我的真陰順着你的馬眼餵進去，比順着你的嘴給你餵藥湯管用。你別擔心我，我最不缺的就是真陰。再說，我還可以採別人的真陽轉成我的真陰，這個技術，我老早就會了，在延政坊教坊的時候我就會了，那裏的媽媽教的，聽說她就是靠這個技術活了一百多歲，六十多歲的時候長得像三十多歲的人，在床上，還能說讓男人來男人忍不住就得來，說不讓他們射他們就射不出來。你需要再胖一些，再壯一些，可以多捅死我幾次，一天裏面，你最多幾次高潮？而且，國家和人民福祉還靠着你呢。

我想到你讀到這裏的時候，你分不清我説的是真的還是假的，又不知道如何去印證，於是歡喜。

「你下次來，我給你彈古箏給你聽吧。長安城裏，沒人知道我會彈琴，至少沒人聽過我彈琴呢。我學琴很早，天賦很好。忽然想起你説過，我沒有天賦不好的地方，我出生的那個村莊，應該停種莊稼，專種姑娘，笑一下。前天，一個老番僧送了我一張古箏，竹子的，五根弦。老番僧説，他看到這張漢文帝時候的古箏，就覺得琴長得像我，就賣了身上所有的東西，沉香啊，蜜蠟佛珠啊，黃金金剛杵啊，天蠶絲袈裟啊，買了這古箏來見我。老番僧見我的時候，身上的確是甚麼都沒有了，一件衣服都沒有，一顆珠子都沒有，抱着古箏，白條條就從街上進來了。我想，賣身上所有的東西或許是假，想赤身裸體來見我是真，否則，到甚麼地方化緣化不來一塊遮羞布？老番僧的身材真不錯，這麼大歲數了，陽具上翹，紅彤彤的，龜頭上的皮膚顯得非常細嫩，肚皮上顯得出六塊腹肌，白艷艷的，胸口上好些毛髮，金色了，一根都沒白。但是古箏的模樣更好，兩邊刻『嶧陽之桐，空桑之材，鳳鳴秋月，鶴舞瑤台』。音色很好，我想彈給你聽。彈個《高山流水》吧，你在你的城池裏，陰氣太盛，聽完爽快些。彈完之後，不管你到底如何覺得，你都會説，好聽，比欽定樂章好聽，比《上元》、《二儀》、《三才》、《四時》、《五行》、《六律》、《七政》、《八風》、《九宮》、《十洲》、《得一》、《慶雲》都好聽。想到這裏，我歡喜。

「我能不能把你的身體當古箏彈呢？你的頭就是古箏頭，你的腳就是古箏尾，我取你十個腳趾做琴釘，取綠腰的長髮做弦，琴弦在古箏頭那邊一起固定在你脖頸和耳朵，取三陰交、足三里、梁丘、陰谷、會陰、中極、石門、陰交、水分、建里、巨闕、鳩尾、天突等等穴位當作音柱。我不彈古曲，我只彈我心。我不許你動，你已經被我完全綁住了，我只許我動。我聽見清風，我就彈一首清風，你的雞雞被清風吹起來了，竹葉一樣，竹枝一樣，竹筍一樣，竹露滴出來，我在聽，我低下頭，嘬一下，抬眼睛看你一下，哼一下，風怎麼吹你，我就怎麼嘬你。然後我再彈一段即興，看清風慢慢把你的雞雞吹乾，吹軟。我看見明月，我就彈一首明月，月光照在你的雞雞上，冰一樣、玉一樣，雲彩一樣，水流出來，我在看，我手從弦上挪開，我手上下搓動，一直搓，眼睛一直看你，明月如何揉搓你，我就如何揉搓你。

「我從根部托你的陽具，你的馬眼向上。我抹你的馬眼，你的馬眼和我手指之間拉出游絲。我用游絲一圈圈勾住你的卵袋，你的卵袋收緊，突出你睾丸的形狀。你現在還不能射呢，我還沒彈完呢。我劈你的會陰，你射不出來了。我搓你的陰莖，我輪抹你的龜頭，我掃你陰毛，我長搖、短搖你的乳頭。

「十二支即興曲了，你最後射的一瞬間，你似乎掙扎着還不想射，你還想聽我多彈一曲嗎？真的嗎？我最後的花指一連從你的陰莖根撥到你的龜頭溝，同時扭頭看你。在這一瞬間，我脱掉我所有衣裳和飾物，我要你在這一瞬間記住我的樣子，我甚麼都不穿、揉搓你的樣子，甚麼都不想、肏你的眼神。你出來了，雨落下來了，十根弦上都是，舒服嗎？你笑笑，我歡喜。

「你知道嗎？你是弱的，你的弱燦若春花，嫵媚無比，我歡喜。

「說了這麼多歡喜，我竟然沒有一點點鬧心，於是我鬧心，非常鬧心。」

萬年宮的書房裏，唐高宗李治右手握着腰間佩掛的青玉老虎，慢慢讀完這幾頁黑黑的散漫的小楷，胯下陽具的龜頭滿脹，馬眼怒張，陰毛綻放翅膀，帶着龜頭和馬眼飛奔出褲襠，一瞬間飛出視線，飛出大明宮。

男子如果遇上真正
對的女子不用打坐靜
觀修心一个恍惚就
能體會到了悟在同一
時一切都空一切都
有色即無間

無胃

日頭高高升過菩提樹的樹冠，慧能才勉強爬起床來，這是以前從來沒有過的。

慧能第一次看菩提樹的肏性，就知道在中土很難活。奇怪的是，他一直沒怎麼照顧它，扔在院子裏風吹雨淋的，最多和它偶爾說說話、撒泡尿、把一隻叫「二」的小黑土狗帶來見見它，它還是越長越大，先是比他陽具高，再是比他頭頂高，現在幾乎到了房檐兒。

慧能摸了摸後腦，巨大的血腫還沒有消除，巨大過一般婦女的乳房，只是血腫的外層比剛被打的時候稍稍柔軟了一點。慧能摸了摸陽具，毫無以往每一天起床時晨僵的力度和熱度，笑瞇瞇地軟縮在陰囊周圍，彷佛一個風乾了的蘿蔔或者茄子。慧能不

用像往常起床的時候那樣擔心，一彎腰，爬起來，被陽具頂到下巴。有兩次，門牙差點被頂掉。如果不是這個過份巨大的血腫和極度軟縮的陽具真實擺在面前，慧能一定認為昨天發生過的其實都沒有發生，自己只是被噩夢魘着了。

慧能在東山寺這些年，多次遇上過靈異，但是他判斷不了這次是不是又遇上了靈異。

慧能剛從嶺南到馮墓山不久，在半山迷路，遇上一隻會説話的狐狸，比狗瘦小，黃毛，除了尾巴，毛都很短，説人話，本地口音。狐狸蹲在慧能旁邊，和他朝同一個月亮瞭望，月亮一時半圓，昏黃，慧能自己想自己的事情，狐狸偶爾看他。狐狸用本地話對慧能説，我是個神奇的狐狸，別看我小，我咬死你非常容易，你怎麼不奇怪，我為甚麼不吃你？慧能説，我知道，你剛吃飽了，你小肚子鼓鼓的，你嘴角還有血腥和一根雞毛，你是野獸，飢一頓飽一頓，遇上吃的，只能往死了吃，現在撐得慌了吧？現在是不是想到再吃肉，都想吐？狐狸沒直接回答，又問，你怎麼不奇怪，飽暖思淫，我怎麼不肏你？慧能説，你知道我還沒長好雞雞。狐狸和慧能看了半晚上月亮，天亮前，慧能打了一個哈欠，説，二屄啊，該散了吧。狐狸走了，臨走説，等你雞雞長好之後，我會再來找你的，一隻雞也不吃，直接來找你，先肏你，然後再吃了你的雞雞。

慧能第二次遇上靈異是在廟裏。天幾乎黑了，慧能在菩提樹下補草鞋，一個人一身白，峨冠博帶，彈着弦子，忽忽悠悠地從山頂過來。後面跟着飛禽走獸，周圍飄着樹葉花瓣，一直飄着，滾動着，向前，向後，向上，向下，不落地。慧能問，你幹嗎來了？白衣人說，你認識我？慧能說，我看誰都一樣，不分誰是誰，你不是這兒的，所以問你幹嘛來了。白衣人說，我不是誰，我是山神，管附近十九峰，十八溪，一湖，一河，我有神奇的力量。慧能說，天光已暗，我在編草鞋。白衣人接着說，我還沒說完，我有神奇的力量，我瞪你一眼，你三天之後死，我肏你一下，你能多活三百年。慧能見白衣人沒聽明白他說的話，想起神秀那幾天常常在眾人面前嘮叨的話，就把神秀的文言翻譯成白話給白衣人聽：二屄你聽着，我本來就沒生，你怎麼讓我死？我看我的雞雞和看虛空一樣，我看我自己和你這個傻屄一樣，你能肏虛空和你自己嗎？如果你能，我早就不生不滅了。如果你不能，你怎麼能定我的生死呢？肏你媽，肏你媽，肏你媽。白衣人端詳了慧能一陣，沒肏他，然後忽忽悠悠地飄走了，樹葉花瓣落了一地，周圍鳥屎狼糞的味道。

這次慧能在山腳下歇口氣，喝茶，被一扁擔拍了後腦。慧能絲毫沒能招架，不知道這扁擔從甚麼地方出來的，誰使的，怎麼拍的，反正是被狠狠地拍了，拍了之後就神志不清了。慧能被拍後腦的這部份，沒有任何靈異。

然後，慧能在一個山洞醒來，他全身赤裸，聽見滴水的聲音，看不到水滴，但是並不覺着冷，他雞雞勃起，一副發育完全的樣子，通紅，硬硬的，在洞裏冒着白氣，發着紅白的光。慧能看不到洞口，洞裏一燈如豆，一團面目模糊的女人，一個清晰的聲音。那個女人一絲不掛，一身微笑，一言不發，那個聲音從四面八方同時響起：「這個女人美嗎？」聲音響起的時候，有光從那個女人身體內部發出，她的面目變得清晰而光亮，真美，美得舒服，沒有一絲火氣。

慧能答：「好看。見過好看的，沒見過這麼好看的。」

那個聲音說：「這是我高句麗第一美女。」

慧能說：「你怎麼判定是第一美女？」

那個聲音說：「我們測量了我高句麗所有兩百五十萬女人的所有重要特徵，綜合起來，這個女人所有重要特徵都是最靠近平均值的。這些指標包括身高、體重、頭身比例、頭頸比例、肩身比例、胸身比例、腰身比例、臀身比例、大腿小腿比例、小腿腳長比例、上臂前臂比

例、眉毛陰毛比例、嘴唇陰唇比例等等。這完全符合你們和我們東周時代孔丘推崇的中庸。」然後燈滅了，這個聲音也隨着消失了。

靈異的是，慧能發現這個女人的身體似乎沒有任何骨頭，每一寸都是肉，都是軟的，每一寸肌膚，都是滑的。空間感在她身上扭曲，每個孔洞都能插進陽具，每個孔洞都有充份的彈性，每個孔洞進入的時候都稍稍有些緊，汁水在一瞬間分泌出來，彷彿每個孔洞都是一口被封閉的井，被慧能的陽具鑽通，汁水流出來，淌了慧能一身，還是止不住，淌了一地，還是止不住，順着洞的地勢，流到洞外，流出山。再小的孔洞，慧能插進去都沒有任何不適，陽具進入的一瞬間，唯一的感覺是滑，陽具進入之後都是完全的包裹，這些孔洞甚至包括鼻孔和耳朵。每一個孔洞似乎都有自己的生命，和這個女人無關，這個女人只是一個簡單的孔洞的集合。每個孔洞都對慧能的身體充溢一樣飽滿的慾望，嘬住慧能的龜頭，嘬完就順勢嘬慧能整個陽具，整個下體，整個身體。慧能感到被吞食了千百遍之後，身體和這個女人一樣，似乎沒有任何骨頭，慧能用最後的力氣伸手，滿手是這個女人濃密的頭髮，比森林還密，比草叢還密，比烏雲還密，滿手洗不掉的密，比糖漿還密，比蜘蛛網還密，比葡萄酒還密。密的同時，還滑，比玉還滑，比溪水還滑，比嬰兒的皮膚還滑，無力的五指插入這麼密這麼滑的頭髮，一下，兩下，三下，慧能下面的陽具就硬了，比一開始還大。這個女人捧了密滑的頭髮湊在慧能的陽具之下，小聲說，這次別找孔洞了，就在我的頭髮裏射吧，我的頭髮會更密更滑。

慧能想，男子如果遇上真正對的女子，不用打坐、靜觀、修心，一個恍惚就能體會到了悟，在同一時，一切都空，一切都有，生死無間。

慧能曾經聽老輩經師說起，西方一些教派的創始人是一個女子耳朵受孕生下來的。這些女人甚至沒有看到那個肏她們的男子，甚至沒有觸摸到男子的身體，甚至只是在一瞬間聽到一聲巨大的聲音，然後就懷孕了。一些不冷僻的經書甚至預言，未來兩千八百年後，新一代的宗教領袖是從特定女性頭皮的毛孔受孕。他們生下來囟門就是閉合的，因為頭骨巨大，非常可能造成聖母的陰道撕裂、肛瘻、難產、甚至死亡，聖母作為一類婦女的統稱基本消失。慧能一直認為那是一個傳說，完全為了掩蓋因為普通僧侶和俗眾通姦亂倫而導致的陰道受孕。現在，他沒有那麼肯定了。

在反覆進入第一美女的所有孔洞之後，陽具射飛，兩個睾丸似乎都被射沒了，慧能感覺不到了自己的下體，自己的身子一直往下出溜，比洞穴的地面還低，一不留神，就流出洞去。慧能癱在地上的時候，感覺身體是一灘鼻涕，不摻點泥土，怎麼也拎不起來，站不住。那個聲音重新從四面響起：「睡我第一美女的好處是，她是我第一美女。」

慧能說：「你有很高的智慧，你這句話説得很有邏輯。」

那個聲音沒停頓，接着説：「睡我第一美女的責任是，每年不得不再睡她一次，否則自摸精盡而死。」

慧能說：「這是很崇高的責任，自摸是很卑鄙的幸福。」

那個聲音説：「所以你每年必須設法來一趟我高句麗的長安城，你們叫平壤城，告訴我們你一年的所見、所聞、所感，升堂講一次經，睡我第一美女一夜，否則，慧能大師，你會發現，自摸精盡是天下第一酷刑，你的前列腺和髂骨都會被射出來的。」

慧能說：「如果第一美女發生意外死了呢？」

那個聲音說：「我們測量剩下的所有女人，綜合起來最靠近平均值的那個就繼承我第一美女的稱號，她會繼承她前任的所有法力。所以我第一美女不會斷絕，你的責任不會斷絕。」

慧能說：「你貴姓？你第一美女是狐狸，你是山神？」

那個聲音說：「我是高句麗僧人信誠。」

慧能醒來的當天傍晚，日頭還沒落到菩提樹冠下面，寺院門口出現了一百個精壯僧人，要求加入禪寺。這些僧人話很少，東北口音，都自帶了鋤頭、鎬、鐮刀等等勞動工具。弘忍老和尚很開心神秀和尚爭取來的山地有勞力開墾，禪宗的核心信徒似乎又多了一倍，所以把這些僧人都留了下來。

好吧下輩子做你的床
單看你肏別人看你
的雞雞升起射出垂
下我就用我的身子
包着你让你静着
垂着

窒息

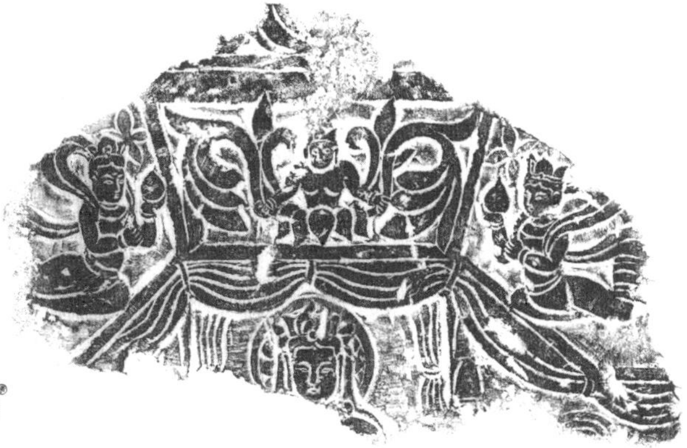

在咸宜庵開門迎客一百五十三天之後，韓愈第一次在長安城大理寺的地牢裏見到了玄機。

高宗皇帝李治讓他審理負責玄機的案子，種種跡象表明，玄機用披帛勒死了莊陽公主，或是失手或是故意。無論怎樣，莊陽公主是高宗皇帝李治最喜愛的女兒。李治風疾犯的時候，只有莊陽公主的胡鬧能緩解。莊陽公主如果要李治的陽具，李治也會考慮是否切下來包好送她。

韓愈邁入地牢的時候，毫無理由地想起自己三十歲生日的時候，燒了前二十年的全部文稿和詩稿。扔進炭盆裏的黃色宣紙裏有薄薄的肌肉和筋脈，火一沾，飛速蜷

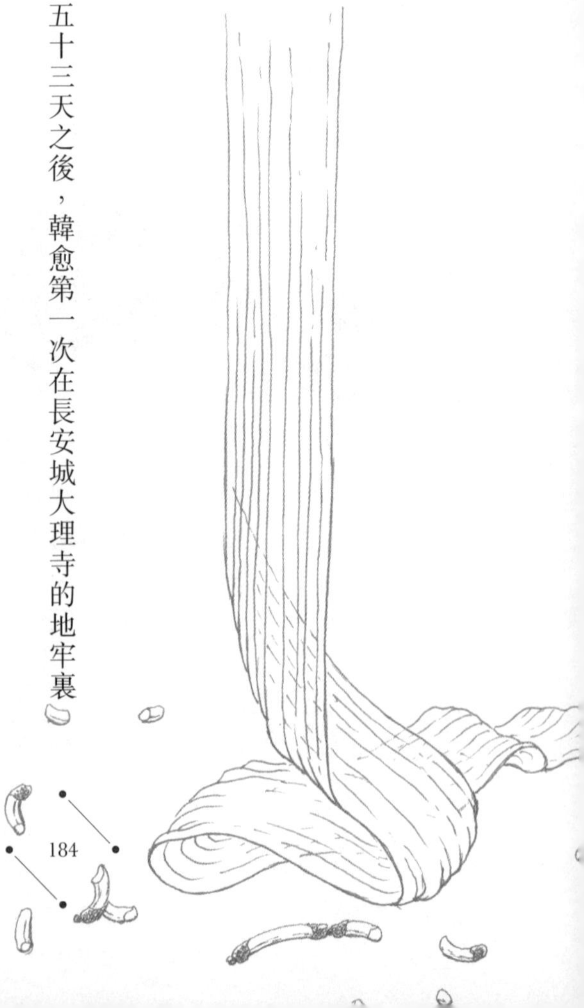

縮，逐漸變黑，遲遲變白，慢慢地一點點地變成灰粉，變得自己都記不得曾經過了甚麼樣的日子，都寫了甚麼樣的句子。

韓愈的眼睛沒直接看玄機，說：「在正式升堂審案之前，皇上讓我來和你單獨談談。」

「莊陽公主是自己死的，她死得很快樂，她死前終於得到了她想要的。」玄機手銬、腳鐐，站在牢房裏面，日光從牢房窗戶打入牢房，玄機的臉還是粉白如常。韓愈站在牢房外邊，手裏攥着勒死莊陽公主的披帛，兩個獄卒一左一右。

韓愈見過這個披帛，現在摸上去柔暖的感覺提醒他回想起第一次摸上去的場景。韓愈第一次見這個披帛還是十年前，那是寶藍地小花端錦，一排十字花，一排八棱花，再錯着排一排十字花，再錯着排一排八棱花，摸上去，比十六歲小姑娘的肌膚還光滑。那時候，韓愈三十歲之前的文稿和詩稿還沒被他自己燒掉，他清楚記得披帛上繡着的這四句詩：

楓葉千枝復萬枝，
江橋掩映暮帆遲。

憶君心似西江水，
日夜東流無歇時。

韓愈緩緩了神兒，說：「快樂地死了也是死了，也是人命沒了，何況是莊陽公主的人命。披帛是你套在莊陽公主脖子上的，也是你一段段勒緊的，你的侍女綠腰和紅團都是證人。」

玄機說：「最後那一緊，要她命的一緊，是莊陽公主自己勒的。之前那些，是遊戲，是有技巧的，不會死人，綠腰和紅團都不只見過十次。」

韓愈說：「我不相信你，即使相信你，我如何讓其他人相信你？」

玄機說：「你甚麼時候相信過我？記得十年前嗎？記得這個披帛嗎？你看到我在披帛上寫給你的『憶君心似西江水，日夜東流無歇時』，你沒喝多少酒，沒醉，把我從孟春樓買出來。我說，好吧，這輩子做你的妾，照顧你的情緒，讓你肏，隨便你抓過來肏。你讀《項羽本紀》讀到霸王別虞姬的時候，你說那是怎樣的離開啊，你就抓我過來肏吧，肏完了我還在，不離開。我盤頭髮，你如果偷看，我就把頭髮盤好了叫你過來肏，從我後面放你的雞雞進來，我一手支撐着梳妝檯，一手拿着鏡子。我試穿新衣服，你如果眼睛發直，我就穿着新衣服給你跳個舞，跳完，就着新衣服，就着汗，讓你插進來，射在我衣服上，然後我再換一套新衣服。好吧，下輩子做你的床單，看你肏別人，看你的雞雞升起、射出、垂下，我就用我的身子包着你，讓你靜着垂着。再下輩子做你的酒杯，等你酒後把我摔碎了，就一下，就碎了，沒有前生和今世。我那時候告訴你這些，你以為我在寫詩嗎？我那時候還告訴過你，我在孟春樓三年，我還是女兒身，你當時相信了嗎？」

韓愈揮手讓兩個獄卒盡快消失，離開時帶走所有鑰匙，玄機手銬的鑰匙、腳鐐的鑰匙、牢房的鑰匙，讓其他人放心。獄卒的腳步聲和腰間的鑰匙碰撞的叮噹聲完全消失，只剩韓愈和玄機兩個人。

韓愈看着手上的披帛，隱約聞到上面淹留的玄機遙遠的體液味道。新鮮的時候，韓愈聞上去，覺得像最好的西域葡萄酒，放得這麼久了之後，恍惚覺得有一點點像麝香一點點像龍涎香，恍惚又覺得不像，而是有一點點像腥濕的退潮時候的海洋。玄機送披帛給韓愈的時候和韓愈有過一次對話。玄機說，我在孟春樓，三年，沒賣身。韓愈說，覺得髒？玄機說，和媽媽說好的，我不願意賣就不賣，她不逼我，客人逼，我自己解決。在你之前，沒遇上想賣的。韓愈說，那總聽院子裏到處是肏屄聲和貓叫聲，身體怎麼受得了呢？玄機說，通常不太想，背背你的文章啊、詩啊，心思平靜很多。如果實在想，我用工具，自己爽自己。韓愈說，甚麼工具？玄機說，手指，還有我剛送你的這個披帛，我擰成一股，放在兩片陰唇之間，前後磨搓，前面搓陰蒂，後面磨會陰。

韓愈對着面前的玄機說：「過去，我盡力了。這次我也會盡力，爭取能保你不死，或者死得痛快。我再問你，你是不是失手了？」

玄機說：「我是失手了，不是失手勒死了莊陽公主，而是失手沒攔住她。」

韓愈說：「我不相信。莊陽公主沒有死的理由。」

玄機說：「死還需要理由嗎？你生下來有理由嗎？你還是不相信我。我出孟春樓的時候，我告訴過你，我能控制我的呼吸、心跳甚至皮膚的軟硬，我硬起來，陰戶能撅折胡人勃起的陽具。在孟春樓三年，強逼着我要肏我的客人不下三十次，但是如果誰想肏我，我就死，自己死。死對於我，和喝一杯酒、洗一把臉沒有甚麼區別。其實，我一直恨父母，為甚麼生我啊？有一次我已經被抬到棺材裏了，然後你走過來，然後我看見了你，然後我醒了，我想，你是能肏我、要我、疼我和蹂躪我的人。被你娶過去，你第一次肏我的時候沒覺得我屄屄很緊嗎？你不是一直喊疼嗎？你陰莖皮膚上不是被肏出好些細小的傷口嗎？你的龜頭不是都被血染紅了嗎？我不是幫你嘬了之後一起吞了嗎？之後三天，你不是說我嘴角一直有血腥之氣嗎？你都忘了嗎？」

韓愈說：「沒有，我記得。但是我還是不相信莊陽公主自己殺死了自己。」

玄機說：「好的，我幫你信吧。你把披帛纏在你脖子上，打個活扣兒。如果你還記得當初，你應該記得這條披帛。四句詩是你題的，我繡的，上面的味道是我多年自摸的味道，上面的暗紅斑點是那天晚上你肏完我，我陰唇和嘴角的血腥。」

韓愈將那二十八個字一個字一個字看過來，注意到披帛上點點滴滴的陳舊的暗紅斑點，下意識地順手把披帛套在脖子上。

玄機說：「你緊一下，看到甚麼？」

韓愈說：「油燈的光有些發紅。」

玄機說：「你再緊一下，沒事的，你看到甚麼？」

韓愈說：「我看到你用挺粗的絲線，幫我把那兩個漢朝的白玉剛卯和嚴卯穿起來，這樣我就可以繫在腰上了，中間繫個疙瘩，這樣兩塊玉就不碰上了。我教你讀剛卯和嚴卯上的字，我讀，你跟着我讀，『疾日嚴卯，帝令夔化。慎爾固伏，化茲靈殳。既正既直，既觚既方。赤疫剛癉，莫我敢當』，『正月剛卯既央，零殳四方。赤青白黃，四色是當。帝令祝融，以教夔龍。庶蠖剛瘴，莫我敢當』。」

玄機說：「你再緊。」

韓愈漸漸聽不見玄機的聲音，他撥開孟春院看熱鬧的人群，看到玄機青着臉躺在棺材裏，長得真好看啊，他心裏想，然後玄機就睜開眼，叫了一聲，說，你個禽獸，你怎麼才來啊。

韓愈看見玄機走下轎子，走進他家，他看見他父母暗青着臉，周圍的牆都被映得暗青了，天空都被映得暗青了，偏巧是個春天，碧桃花紅得發暗紫。

韓愈聽見他父母持續的埋怨和威脅，然後聽見玄機輕快地在他書房的窗戶下叫，韓愈，我走了，這裏我不能再呆了，我不讓你為難了，你選擇不了你父母，你可以選擇不要我。你選擇不了不要我，我知道，我選擇走掉，你就不用逼自己了。我把能給的都給你了，你忘不了我的，那部份是我最好的，你好好的吧。

玄機的另一個聲音從遠處傳來：「別緊了，韓愈，放手，否則要出事兒了。」然後這個聲音又變得很輕了。

韓愈看見他的心裏一緊，扔下手裏的書，打了一個小包袱，幾件衣服、幾本書、硯台、毛筆和披帛，和玄機一起跑出家門，沒人聽見。轎子、馬車、駱駝、黃沙，縮在一起的柳樹，穿大唐服飾的胡人，幞頭、圓領、六縫靴子、腰間帛魚，穿大食服飾的漢人，小袖花錦袍、衣長僅僅過膝。韓愈和玄機在一個叫敦煌的城市住下，住了五年，生了一個兒子和一個女兒，兒子叫韓剛，女兒叫韓妍。

韓愈想起父母，他們應該老了，想起長安，大雁飛過繞城的八條河流。駱駝、馬車、轎子，長安的家門。韓愈讓玄機在轎子裏先別動，他先回去看看路數，希望父母已經忘記了對於玄機的不滿和不容。

韓愈看見家裏的一切和他離開的時候一樣，他書房的燈還亮着。韓愈看見有人在書房裏讀書，除了少了那條披帛和他五年前拿走的那幾本書，一切一樣，連那個讀書的人長得都和他一樣，只是多了一臉病容和愁苦，臉上不帶一點黃沙。

韓愈怎麼掙扎也挪不開步子，他慢慢看着他和那個讀書人慢慢合成了一個。

在這緩慢中，韓愈想起他和玄機的第一個夜晚，他躺在玄機的身體裏，他第一次有那種噴射。那種噴射之後，他第一次覺得，死是個非常美妙的事，即使沒有死，想到它都輕鬆。玄機的嘴裏是韓愈陽具上帶的玄機處女血和韓愈的精液，玄機一動不動，抬頭看着韓愈，眼睛大大的，耐心地等着他的陽具再次在她嘴裏的血和精液裏勃起，然後再次埋頭嘬他，用舌頭把他的陽具纏緊、放鬆，再纏緊、再放鬆。在第二次噴射後，玄機把他的陽具吐出來，然後把自己的處女血和他的精液一起吞了。

韓愈從後面把披帛繫在玄機脖子上，讓玄機雙腿跪下，雙手支撐，臀部撅起。韓愈從後面插進去，他看到玄機的雲髻，黑髮如花如霧如黑夜如雲霞，隨着韓愈的抽送，雲髻上烏雲起伏，垂下頭，花瓣散落。韓愈從後面牽起玄機的頭髮和披帛，一邊抽送，一邊把她的頭高高揚起，馬一樣，韓愈牽着她、騎着她、弄疼她、窒息她。

一千次抽送，「殺了我吧！」玄機喊。韓愈最後一勒，玄機赤裸着掙扎着扭回頭，韓愈看到的是自己猙獰的臉，一臉病容和愁苦。這次，不是韓愈走向他，而是他走向韓愈，韓愈手上的力氣已經使出，彷彿一支呼嘯而出的箭，沒有機會回頭。韓愈怎麼掙扎也挪不開步子，他慢慢看着他和那個愁苦的讀書人慢慢合成了一個。

韓愈清楚地看到了自己的死亡和對面牢房裏被鎖着的站立着的叫喊着讓他不要再收緊披帛的玄機。

不亡在射的一瞬間
感覺自己彷彿一個
水桶 桶底突然脫落
雜念和精液同時一瀉
而出 所謂的自己 甚麼
也不剩 甚麼也不缺

面尽

禪宗第五代祖師弘忍問尼姑玄機：「你的裸體能幫我一個忙嗎？」

韓愈的屍體被從牢裏抬出去，地上、屍體上濕乎乎的一灘。一個獄卒抬兩隻手，一個獄卒抬兩條腿，還有一個獄卒托着中間的兩個屁股蛋子。玄機的人從牢裏被放出來，沒人給她甚麼説法兒，玄機也沒問甚麼。一個獄卒打開牢房的門，另一個獄卒遞給她一個包裹，裏面是進牢房之前被收走的私人物品。一個長了一張老核桃臉的太監從一個角落閃出來，交給玄機一個繡囊，又在瞬間從那個角落閃走。玄機攥着繡囊，裏面似乎硬硬的，玄機沒立刻打開，看到太監的核桃臉，她心裏的眼睛也就看到了躲在某個角落正在用肉眼看她的皇帝李治。

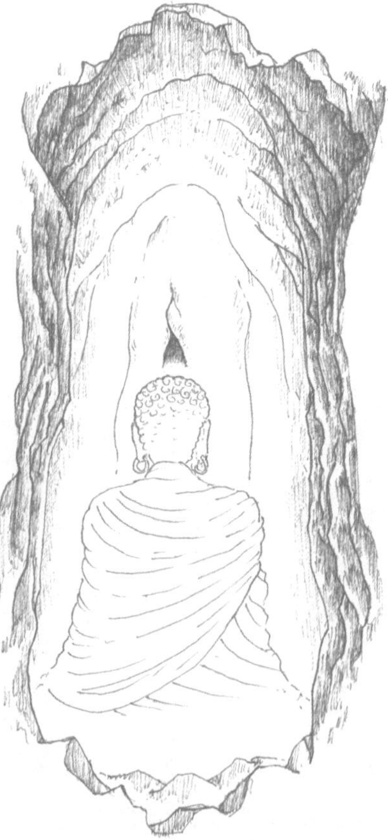

繡囊裏是莊陽公主碎成兩半的手鐲。莊陽公主勒死自己之前，說的最後一句話是：「我看到神秀的眼神兒了，裏面全是我，沒有他自己，也沒有別人，也沒有別的女人，我也沒了，全是那個眼神兒了，別攔着我，我不想再看到其他的了，神秀啊，被這個眼神兒照耀比我自己修道快多了，我得了，我到了，你不用講甚麼經了，能給出這個眼神兒就對了，愛死它了，我愛死它了。」莊陽公主倒下的時候，左側先着地。左手腕上的玉鐲碎成兩半，新碎的斷面彷彿新斷了的骨頭。莊陽公主買到這個鐲子那天，飛到咸宜庵來，對玄機說：「終於找到這隻鐲子了。你見過這麼白的、這麼滋潤的鐲子嗎？我就說，你也沒見過，我也沒見過，前朝管宮裏珠寶的老黃公公也沒見過。我最近有些瘦了，鐲子剛剛能戴進我的左腕，我現在的左腕和神秀的雞雞一樣粗細。今天十五，今天晚上月亮大，我今天晚上用左手自摸，我靠在榻上，衝着月亮，我用中指和食指反覆摸我的陰蒂，我的水流出來，我用中指和食指沾滿了，再摸我的陰蒂，再摸，月亮就在我的陰戶深處亮起來了，癢癢就像光和煙和根鬚一樣飄出陰戶來，牽引我的食指伸進去，牽引我的中指伸進去，月亮真大，牽引我的無名指伸進去，牽引我的小指伸進去，月亮真大，牽引我的拇指伸進去，牽引我的拳頭伸進去，牽引我的左腕伸進去，我看到那個玉鐲子，像神秀一樣完美，像神秀的雞雞一樣粗細，像神秀的雞雞一樣完美，我的右手幫忙再撐開一點我的陰戶，我的玉鐲也伸進去，神秀就在我陰戶裏面了，我夾住他的龜頭，勒住他的脖子，我夾死他。玄機，你說，這是不是一個完美的鐲子，完全脫離無常的鐲子？玄機，我最開心的，甚至不是它的完美，是我想到，如果它被我的陰戶夾碎成兩半，神秀看到，會難受成甚麼樣子，多少天才能忘懷。嘿嘿。媽屄的，就這麼想着，我的屄屄已經比十五的月亮還亮還水了。」

玄機囑咐看門老嫗閉門謝客，不論甚麼日子，無論任何人，不放進來。弘忍還是進來了。弘忍的般若掌使到第三手，老嫗已經閉不住門了。所謂武功，第一是快，第二是聚。如果在瞬間聚集一個肉身的全部力氣，打在咸宜庵的院牆上，院牆都會塌的，別說看門的老嫗了。老嫗的快已經夠快了，聚的功夫還欠些，能量容易被分散掉，弘忍判斷，老嫗如果像他一樣從十歲開始練習般若掌之類的功夫，他現在一定不是老嫗的對手。「可惜了。」弘忍想。

弘忍見到玄機的時候，和玄機身體的距離不遠。弘忍在紫藤花架外，玄機在紫藤花架下，陽光打下來，弘忍看到玄機的身體若明若暗，局部透明。不二站在弘忍的左手邊，不笑，也不皺眉頭，垂手站着，四下看着。

玄機說：「讓我幫忙的，下場都很慘，找我喝茶的莊陽公主也死了，找我問案的韓愈也死了，何況讓我肉體幫忙。莊陽公主讓我幫她快樂，她死了。韓愈大人讓我幫他展示莊陽是怎麼自殺，他也死了。我倒是被證明沒有過失，回咸宜庵休息。」

弘忍說：「射精就像撒尿，死就像睡覺，沒甚麼可以留戀。你說的慘，真的慘嗎？莊陽公主和韓愈最後是含恨而去？」

玄機說：「你如果堅持，你自己直接問我的裸體吧，她答應，我就沒問題。反正你是要求她辦點事兒，她答應就好。」

弘忍說：「你怎麼知道我的事兒是要她辦的？」

玄機說：「你不會真要和我探討佛理和詩文的。」

弘忍說：「你不問問我想請她幫甚麼忙嗎？」

玄機說：「不問。她不問，我就不問。她也從來沒問過甚麼，看緣份了。」

弘忍說：「好。怎麼直接問你的裸體？」

玄機說：「插她一千下，現在。門在你面前，老和尚，用你的小和尚敲敲看吧，我想見識一下你對佛理和詩文的理解。」

不二繼續垂手站在院子裏，聽見在屋裏，袈裟解開，床榻打亂，一千次陽具碾壓陰戶共同發出的呻吟，一百零三次玄機的呻吟，五十四次玄機陰戶的呻吟，八次弘忍陽具的呻吟，一次弘忍的呻吟。在這個過程中，不二看見，門簾被風吹動無數次，紫藤花架被太陽激起無數種紫色，自己身體投射在地面上的影子緩慢地做出了無數次變幻。不二朝自己左手食指上吐了一小口唾沫，在眼前豎起，食指上的口水在陽光下閃出無數顏色的亮點，在風裏三五成群地消失，直到只剩下豎起的左手中指。

一千次之後，不二聽見，「讓我死吧！讓我莊陽吧！讓我韓愈吧！」玄機在屋裏喊。

隔了許久，弘忍說：「難道牆上掛着的這張畫，就是傳說中禪宗初祖菩提達摩大師的舊物嗎?傳說中就是這種赭紅色。」

玄機說：「是。」

弘忍說：「原來傳說是真的。達摩大師花了十年功夫不是面壁，而是面屄。不對，其實是一個，面對壁上的屄。這個屄畫得實在好，這幾筆匪夷所思的幾根細細彎彎的毛、似乎流出來的水、下面這一筆形若臀部的曲線。」

玄機說：「你睹物思人，再看幾眼吧。」

弘忍說：「我知道莊陽公主和韓愈是怎麼死的了。」

玄機說：「皇上李治已經定我無罪了，我人已經又回咸宜庵了。」

弘忍說：「好。」

玄機說：「我的裸體開心了，她問，你想讓她幫甚麼忙？」

弘忍說：「我想讓她幫我睡一下慧能和尚和神秀和尚，讓她掂掂他們兩個人的佛理境界。判斷一下，誰悟道了，誰更適合繼承衣鉢，當禪宗六祖。」

玄機說：「我的裸體是肉做的啊，繼承衣鉢這樣猙獰的問題，她怎麼能回答，不是不幫你。」

弘忍說：「我換一種說法吧，我想讓她幫我睡一下慧能和尚和神秀和尚，讓她感覺一下，這兩個男人她更喜歡哪個。」

玄機說：「同時睡還是分別睡？」

弘忍說：「方式和方法，你自己和她自己商量着定吧。」

玄機說：「好，答應你。」

當晚，回到東山寺，不二睡下的時候，月亮非常大。不二夢見弘忍在陽光裏走進咸宜庵，肏玄機。一時，弘忍的陽具像火把一樣，捅進玄機的身體，玄機的身體如同燈籠一樣發出紅光。一時，弘忍的陽具就是一個火把，被弘忍舉在手裏，弘忍順着玄機的陰道走進玄機的身體裏，玄機的身體大得彷彿一個山洞，洞頂一個空隙，空隙上是藍天，一會兒陽光，一會兒月光，都不是很亮，洞壁佈滿皺褶，水滲出來，向着弘忍的火把光芒匯攏來。一時，拿弘忍火把的是不是弘忍，是不二，火把的光芒巨大，不二抓在手裏，手心滾燙，玄機的水在不二的周圍越匯攏越多，不二的水的壓力升高，嘶嘶響，也朝向同一方向匯攏去。在要射的一瞬間，不二突然意識到，不能射啊，這是夢裏啊，人裸着睡呢，不能射啊，射了唯一的被子就髒了。不二醒了，翻了身子，扯了枕着的經書墊在龜頭下面，射了，和玄機的水匯攏在一起，火把的光芒更大了。

不二在射的一瞬間，感覺自己彷彿一個水桶，桶底突然脱落，雜念和精液同時一瀉而出，所謂的自己，甚麼也不剩，甚麼也不缺。不二忽然意識到，玄機不在眼前，他的手沒動一下，他還是射了，弘忍所說的高深修為原來一直就在自己的身上，只是平常被鎖在某個地方，一時被打開了而已。

不二睜大了眼，天地洞明，萬古長空，一朝風月，甚麼都在，甚麼都不在，不多不少，無生無滅。不二愣了很久，不捨得睡。不二又試了試，雞雞又硬了起來，想着玄機的樣子，透明而光亮，他翻了身，翻開另一頁經書，手沒動一下，從容地又射了一次。

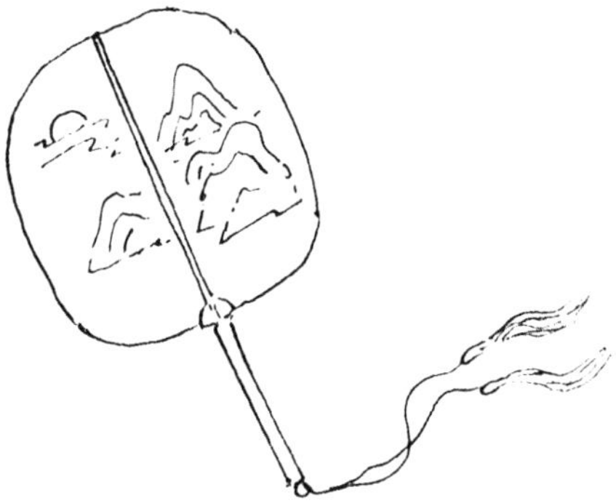

他用眼睛的时候
玄機覺身体是一
棵樹眼光落在哪
裏哪裏就收緊毛
孔結出猩紅的果
實

雙璧

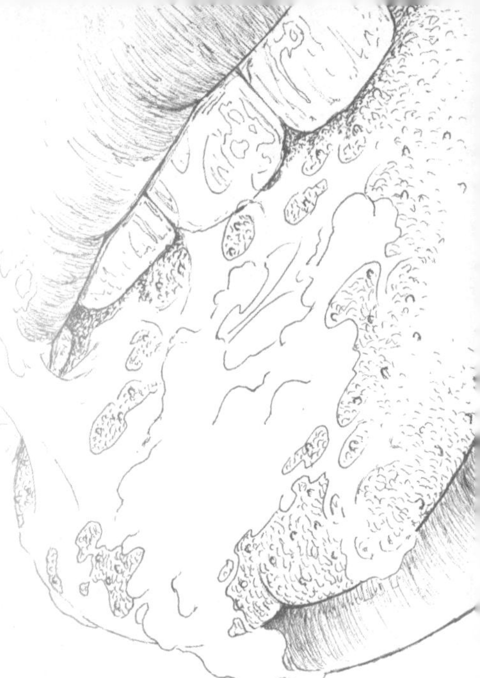

玄機等慧能和尚和神秀和尚分別走後，託紅團給弘忍帶了個口信。

紅團是這樣說的：「玄機說，我最喜歡你，弘忍大和尚。慧能和尚和神秀和尚都不錯，味兒都挺對的，但是比起你來，我更喜歡你。讓慧能和神秀兩個中的一個或者其他和尚繼承禪宗衣鉢吧，你來和我耍吧。到了某個時候，佛法也是要捨的，管得太多比管得太少還麻煩。你也別急着圓寂，來生甚麼時候去都來得及，先陪我一陣，我想念你。慧能和神秀兩個比起來誰更好，我不知道，我的屄屄也不知道，我問過她，他們以不同的方式讓我的屄屄覺得可敬和可怕。」

慧能推門進入咸宜庵的時候，看門老嫗完全沒有阻攔。慧能的雙目精亮，一臉臉皮遮不住的硬肉，慧能成為看門老嫗第一個放棄阻擋的人，老嫗確定，她擋也擋不住。

慧能走進玄機房間的時候，隨意而坦然，衝坐在床榻邊上的玄機笑笑，彷佛走完遠路，看見一盆洗臉水或者一碗豆粥。慧能沒説話，開始解玄機的半臂和長裙。玄機看着自己的衣服一件件脱落，慧能的陽具在僧袍下一寸寸升起。衣服被扒光之後，玄機像一枚荔枝一樣透滑冷白，一絲不掛。慧能甩掉自己的僧袍，陽具已經脹得比玄機的胳膊還粗了。慧能右手拇指和食指上下捏了幾捏，自己對自己説，「還有點兒軟。有日子沒想姑娘了，佛法也精進了。」左手按低玄機的頭，按得玄機雙膝着地，將玄機的嘴套進自己的陽具。玄機聞到一股陽具長期沒在屄屄裏抽送、洗滌的腥氣，皺了眉，努力往嘴外吐。慧能挺了一下肚皮，陽具頂得更深，玄機嗓子眼一陣噁心，甩着頭往外吐。慧能抽出陽具，陽具已經大得像梢棒，掄了砸在玄機的面團上、耳朵上、眉眼之間。玄機暈了，慧能左手捏開玄機的嘴，玄機的雙唇和舌頭下意識地接了慧能的陽具，含進嘴裏，暈着嘬着，慧能的陰毛偶爾從玄機的嘴邊墜落。慧能一邊用左手摸着玄機的頭烤硬陽具，一邊用右手彈撥玄機的乳房，「天天吃素，也能長得這麼大，不容易了。」慧能自己對自己説。

玄機乳頭挺起來的時候，慧能揪開玄機的頭，抽出陽具，陽具已經脹得比玄機的脖子還粗了，陽具上所有的皺褶全部脹平，皮膚薄得像一層紗，靜脈和動脈凸現，彎曲纏繞，到龜頭而止，彷彿爬在樹幹上的老藤。相比之下，慧能的陰毛顯得很渺小，枯草一樣，匍匐在遙遠的地面。慧能拎了玄機到榻上，趴開玄機白暖的雙腿，伸右手捏了捏玄機的陰戶，「還不怎麼濕。」慧能對自己説。

慧能沒停，陽具插進玄機的陰戶，每進到一個深度，覺得太乾太緊，陽具就停止深入，在這個深度反覆抽送，幾十下之後，再進，再停，再在這個深度反覆抽送。慧能完全進入之後，玄機放棄了思考，眩暈中感覺慧能的龜頭已經從她的屄屄沿着她的身體伸進她胸腔，陽具頂端的馬眼在她兩個乳房一線，張望，上竄下跳，拚命前行，向着她鼻孔和雙唇的方向。

慧能不再説話，甚至不對自己説話，陽具叉了玄機的屄屄，雙腿從外側夾緊玄機的雙腿，雙手從外側緊按玄機的臀部，陽具在緊密的肉裏還是能前衝後扯。在射之前，慧能放鬆了雙腿和雙手，陽具在玄機的屄屄裏射了，玄機光着的身子被噴射的力量在瞬間衝出了床榻，摔在地上。慧能跳下床，拎了陽具，剩下的精液全部噴在玄機的臉上，眼睛裏、鼻孔裏、酒窩裏、嘴裏。玄機閉上眼和嘴，精液從頭流過雙乳，流過股溝，流到腳底，身體感覺比一桶水從頭頂澆灌下來還濕，似乎被一腳踹進了一個池塘裏。

在身體裏存久了，慧能陳舊的精液很黏。玄機勉強甩掉精液，捅開鼻孔，劇烈咳嗽幾次，恢復正常呼吸。玄機眼皮之間全是黏稠的精液，彷彿糊滿黃白的眼屎，眼睛再也沒有睜開。慧能隨手擺弄玄機的身體，粗糙的手指滑過嫩白的皮膚，陽具再硬得很快。玄機已經癱成一灘，慧能扔她在床上，撿了她的半臂和長裙和他的僧袍，綁了她的四肢在床榻的四角，陽具一插到底。第一次之後，慧能射得快，又來了兩次，一次全在玄機的屄屄裏，最後一次全在玄機的嘴裏。慧能精液的黏度逐漸減少，最後幾次抖動出來的精液已經清亮到透明了。

沒等玄機吞嚥完這最後幾口透明的精液，慧能從玄機的嘴裏退出陽具，拿玄機的臉蛋皮膚擦了擦，套上僧袍，穿上襪子，喝了三口井水，看了一眼看門老嫗，走出咸宜庵。

慧能走了以後三天，神秀來了。一時，陰天，沒雨。

神秀問玄機：「可以碰你嗎？怎麼開始？」玄機說：「別急，你慢慢來，我這幾天身體不太舒服。」神秀的眼睛睜得大大的，手指還沒有碰到玄機的身體，臉上就滲出薄薄一層汗水來。神秀的手指隔了玄機的綾羅衣裳觸摸玄機的肉體，神秀的手指不自主地顫抖，指尖雨點一樣交錯地落在玄機身上。「怎麼在抖？」玄機問。「太喜歡了吧。也可能好久沒碰女人了。」神秀說完，整個手臂、整個身體開始和手指一起顫抖，玄機聽到神秀的牙齒相互撞擊發出的聲音。玄機伸出雙手，攬神秀入懷，「抖吧，我和你一起抖，抖一陣，身體就不冷了，天有些涼了。」玄機再伸手，拽了厚重的錦衾，搭在神秀身上。神秀壓在玄機身上，眼睛看着玄機的臉，玄機的眼睛越過神秀挑不出任何毛病的臉，望着神秀赤裸的臀部，「翹得真好看。」玄機想，「莊陽瘋得有道理。」

神秀的身體慢慢在玄機懷裏停止了顫抖，雙手開始游走，走過玄機身上的河流，每過一寸，每停一刻，彷徨一下，徘徊一下，撥開水草，看看游魚，嘆息幾聲，再往下面游去。玄機全身的穴位，從百會到湧泉，第一次被逐一按到，第一次被用百千萬種乃至算術無法窮盡的組合和深淺和輕重和緩急被神秀的手指按到。玄機對神秀說：「你撫摸我的時候，我身上的穴位怎麼好像比醫書上多了很多。」神秀對玄機說：「你的穴位無窮無盡，書上不及你的千萬分之一。」神秀的手指彷彿十根藤蔓，十條小蛇，反覆纏繞玄機的身體，玄機的身體一寸寸泥軟下來。

神秀一邊慢慢摸玄機的身體，一邊有一搭沒一搭地和玄機說話。神秀誇玄機的身體美好，「儘管有無數人誇過，我還是要誇，如果不誇，是我修行出了問題。儘管別人用過的詞彙我不得不重複，我還是要用，這不是我的問題，是對於你身體的美好，漢語詞彙缺乏的問題。」神秀的手指一遍又一遍走過玄機的全身，玄機覺得脹熱，硬撐起泥軟的身體，褪了所有的衣裳，讓神秀的手指和目光和身體蓋在身上，身體繼續微微脹熱。神秀的雙手不停，不急，玄機想讓它們去的地方，它們不一定去，想讓它們多停一下的地方，它們碰一下就走，玄機想忘記的時候，它們又及時過來，停下來，慢慢嘆息。玄機的手伸向神秀的陽具，隔着僧衣，它比慧能的還大，還硬，挺在那裏不動，並不急躁，沒有聲音，彷彿神秀帶來的一隻養了很久的大狗，看着周圍發生的一切，一言不發。「你的合谷穴氣滯，最近要少曝露風寒。」神秀低聲説，隨手扯了披帛遮蓋玄機的胯骨和陰戶。

玄機問神秀：「還有哪些穴位有問題？」

神秀沒有馬上回答，從後面抱了玄機，左手臂攬了玄機的雙乳，右手撫摸玄機的肩頭、小腹、陰阜、會陰、恥骨、腳踝，最後右手中指深入玄機的尻尻，在裏面，在一寸、兩寸、三寸的深度，前後左右按了幾個部位，

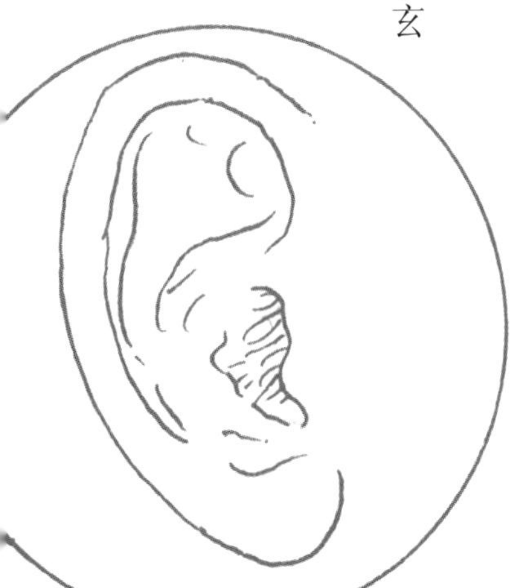

神秀說：「這些穴位最近都受到了驚嚇。」玄機呻吟了一下，開始不自主地顫抖，屄裹的水不斷地流出來，多到被褥吸收不完，玄機的身體和神秀的身體被玄機屄屄湧出的吸收不完的水緩慢地托了起來，漂浮在床榻之上。

玄機說：「抱緊我，我冷。」

神秀用手的時候，玄機覺得身體是一把琵琶，發出自己發不出來的聲音。神秀用嘴的時候，玄機覺得身體是一管笛子，氣血在孔洞之間游走，等待發音的瞬間。神秀用眼睛的時候，玄機覺得身體是一棵樹，眼光落在哪裏，哪裏就收緊毛孔，結出猩紅的果實。

神秀對玄機說：「你的身體最近被陽具嚇到了，我可以忍，我不插你了，我帶它走了。」然後起身，穿上僧袍。

「你敢！」玄機扯掉神秀的僧袍，「別用手了，別用嘴了，別看我了，來吧，來插我吧，我的穴位都等着呢。」

神秀走了很久之後，玄機才意識到，自己做了好幾件匪夷所思的事兒。其中最過份的兩件，一件是玄機和神秀談起韓愈，談起韓愈和她身體的第一次。第二件是玄機牽了神秀的陽具，伸進肛門，肛交完畢後，玄機反手扳住神秀的身體，神秀的陽具依舊封堵玄機的肛門，然後神秀的陽具開始在玄機的身體裏小便，尿液直沖玄機的會厭軟骨和喉管，有少數幾滴從鼻孔流出來。

玄機從來沒有想像到，這些地方能夠被觸摸。玄機更沒有想像到，被觸摸之後，這些地方感到如此溫暖。

「莊陽說，她願意為神秀死，莊陽說，哪怕她從來沒摸過神秀，哪怕神秀從來沒摸過她，她已經得到了神秀。我現在理解了，也是緣份呢。」玄機自言自語。

身是菩提樹心是
明鏡台時時勤拂
拭莫使惹塵埃
菩提本無樹明鏡
亦非台本來無一
物何處惹塵埃

詩贊

早上，天剛剛亮的時候，吃早飯之前，弘忍和尚叫東山寺所有的和尚在大雄寶殿前的空場集合。

弘忍和尚站在大雄寶殿的最高的台階上，和尚們排成一排排，從高處看去，和尚頭一排排。弘忍和尚清了清嗓子，說：「各位，我很快就要死了。我知道，你們中有些人已經等這個消息等得很久了，甚至已經等得不耐煩了，你們不同的人，惦記我不同的東西，也不是一天兩天了。我今天高興地告訴各位，你們現在等到了，我的就是你們的，說到底，是你們的，都歸你們了，希望你們也高興。你們誰惦記我的袈裟？你們誰惦記的我飯鉢？我的榻，誰最想睡上去？老僧此生已經沒甚麼留戀，有無都是

無，生死都是死。我修到了境界，看破生死，生死也就聽話了，我想生就生，能活得比你們中間絕大多數人都長。我想死就死，今晚我睡一覺兒，明天一大早兒，我估磨着早飯不好吃，我想死了，我就不起床了，永遠不起床了。你們別不信，信仰很重要，要相信存在圓寂。我真的修到了這個境界，可以隨時圓寂，找個板櫈就坐化。如果不能，我也有琉球產的河豚魚毒，吃了一定圓寂。這事兒，我替自己早就想好了，我想好了之後就到處找能讓我死得比較好看的藥，我找到了。圓寂不了，我就吃藥，自己吃藥，也是圓寂。以前，很多和尚也是這麼做了。說自己圓寂又圓寂不了，很沒面子的。死得很難看，也很沒面子的。我見過一個吞金想圓寂的和尚，折騰七、八天才死成，唾沫流了一床，流了一地，其實他不是圓寂死的，他是餓死的。都說生死大事，你們天天唸經行善，只求老天賜福，不求出離生死。如果自性這樣癡迷，甚麼福氣能救你們？今後三天，你們都不用唸經了，都回去寫一首禪詩，講講自己對佛法的理解。詩，懂不？我的意思其實是希望各位能用短一點的話說明白，比《心經》還得短，不能超過二十八個字，最好二十個字。文章和雞巴不一樣，不是越長越好，寫短比寫長難。我看了之後，如果覺得誰的詩最對路，我就把衣鉢傳給誰，誰就是禪宗六祖，東山寺就歸誰管了。傳完我就圓寂，等了這麼多天了，終於等到這一天了。我非常嚮往圓寂，火急急，趕快去！」

在之後的兩個時辰裏，忠於神秀的和尚封閉了東山寺的所有出口，包括窗戶。四個時辰過後，東山寺附近十里的道路上也出現了眾多外地的官兵，這些官兵似乎已經在附近駐紮了三個月，他們騎馬、帶刀、面目模糊。

忠於神秀的和尚一個房間一個房間搜查，收繳了東山寺中所有的筆墨紙硯。有些僧人不願捨棄，發生了一些肢體衝突。有一小撮倔強的僧人沒了筆墨紙硯，還嘴硬，揚言還有鮮血和手掌，弘忍大師的僧房前正好有一面巨大的白牆，可以以指為筆，以血為墨。這些僧人的十指都被踩得稀爛，胳膊被扭斷，為了保險，他們長得比較像手指的陽具也被拍扁。最倔強的幾個僧人飄揚着稀爛的十指和陽具，揚言還有舌頭。他們的腰被三、四個忠於神秀的和尚抱着，他們的舌頭連根兒被另外一兩個忠於神秀的和尚拔了出來，隨手丟在地上，蹦跳着發出不連貫的詩句，正常人都聽不出來説的是甚麼。

五十個忠於神秀的和尚一個一根鐵頭棒子，封鎖了弘忍的僧房。被剝奪筆墨紙硯的和尚當中，一小撮狡猾的和尚一直偽裝老實，然後尋找機會，想奮力衝進弘忍的僧房，吟唱自己的禪詩給弘忍聽。這些和尚的腦袋在進入弘忍視線之前，都被棒子的鐵頭打爛，舌頭被拔出來，隨手丟在地上，蹦跳着發出不連貫的詩句，正常人都聽不出來說的是甚麼。

一百個最近加入的北方和尚始終平靜地聚集在慧能的禪房周圍，自帶的農具變成刀槍，忠於神秀的和尚組織衝擊了幾次，外邊的死了幾層，彷彿曇花沿着靜脈隕落，內核還是沒被衝開，忠於神秀的和尚還是沒能靠近慧能。忠於神秀的和尚相互自我安慰，慧能是個粗人，只會做飯，常常吃肉、飲酒、屙屎，破戒還差不多，怎麼會破題，更別提作詩。

在一切進行完畢之後，忠於神秀的和尚把所有人趕到大殿前的廣場，其中兩個和尚高聲對話。

「神秀和尚是個多麼偉大的學者。」

「神秀和尚是個多麼偉大的專家。」

「神秀和尚是個多麼偉大的詩人。」

「神秀和尚是個多麼偉大的領袖。」

「神秀和尚集中了我們全部的智慧。」

「我們的智慧集中在一起，也不及神秀和尚的萬分之一。」

「我們不需要澄心用意作詩，神秀和尚一個人作詩就好了。」

「神秀和尚的詩一定是最偉大的詩，一定代表了新時代的最高思想。」

忠於神秀的和尚們仔細查看其他和尚們的表情，沒有發現任何不順從的跡象，只好揪出平時最愛顯擺才氣的兩個和尚，儘管他們的表情順從，還是被當眾踩爛了十指和十趾和陽具，扭斷了雙腳和雙臂，拔了舌頭，然後各自回房休息。

在這個過程中，神秀一直在自己的房間裏，背朝窗戶，沒有露面。神秀想起自己參禪的四十年，自摸都沒有一個獨處的地方，惡狠狠地想：「禪房大通鋪，莊陽送的玉環套在陽具上，看陽具的高潮起來再下去，再起來，再下去，最後，陽具不幹了，精液衝開玉環噴射出來，頂開被子，打到禪房屋頂，大黑天的，房屋震動，一屋的和尚被驚醒，光着頭亂跑，地震啦，地震啦，地震你媽。玉環也崩飛了，落到地上，摔出一道淺淺的內傷。之後，我一直看見這一線內傷，其他人都說沒有，對着陽光也看不到，但是我知道，內傷就在那兒。我每天把玉環套在陽具上，手指搓陽具的時候，也搓它，它的內傷還是不消除。其實，內傷不是它的，是我的。我每天打掃，內傷還是在，過不去，一閉眼就想起那一線殘缺。我知道，我知道，殘缺是一種美，破佛、斷壁、秋荷、剩雪、爛屄，但是殘缺就是傷，揮不去，閉上眼睛就是，我離佛是否太遠了？就算再遠，弘忍，你的衣鉢我要定了。過去四十年，我付出太多了。多少個女莊陽我應付爽了？多少個男莊陽我也應付爽了？你都不知道，你坐享其成。你的單間，你的好茶，你的葡萄酒，你說話站的高台階，我惦記很久了。你媽屄不老實交給我一個人，還要比賽詩歌？我肏你全家和其他。」

在意念中肏弘忍無數遍之後，在寺院地面上的舌頭停止跳動之後，神秀獨自一個人在弘忍僧房前的白牆上寫下了如下二十個字：

身是菩提樹，
心是明鏡台。
時時勤拂拭，
莫使着塵埃。

寫完詩，神秀心中又肏了弘忍無數遍，自己和自己嘮叨了過去幾十年經受的很多常人無法想像的委屈，默默哭了。有心如有虎，每天活着如同騎虎。虎想不

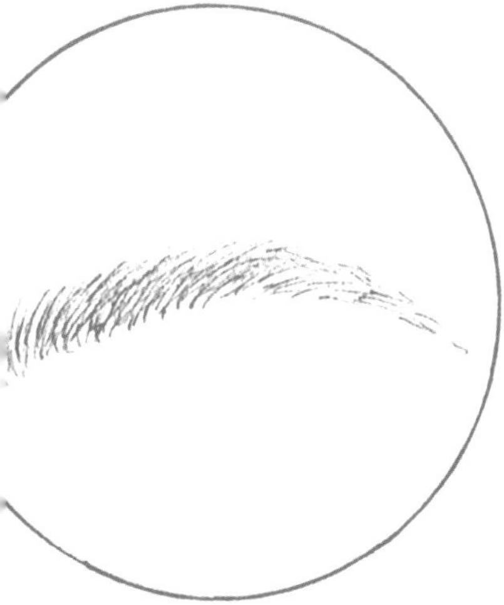

開，不聽神秀解釋、想直接吃掉神秀的時候多過虎平靜的時候。「受了衣鉢之後，我成了方丈、主持、當家的，我就有個單間了，我就想多晚睡就多晚睡，我想左手自摸陽具就左手摸，想右手自摸陽具就右手摸，我甚至射精之前可以隨便叫嚷，沒人管。弘忍老和尚還有其他好東西。弘忍攢了不少西域紅酒，壞了都不捨得給別人喝，我肏他媽。弘忍有好茶，閩南出的，長在山岩上，三棵樹，一年一共十斤，他一個人就有一斤。每年都是茶農訓練猴子爬到山岩上摘了茶樹葉子，然後秘密烘焙。烘焙好了的茶，聞着有桂花香。不算那套傳說中的衣鉢，弘忍老和尚有串奇楠唸珠，聞着有處女的奶香。」神秀想着想着，有一次覺得自己想的事兒太具體了，器量太小，自己對着自己，搖了搖頭。

第二天早上，弘忍起床的時候，舌頭、斷指、頭髮等等都打掃乾淨了，東山寺內的地面上已經沒有任何明顯的血漬。弘忍看到白牆上神秀的二十個字，唸了幾遍，然後召集所有人，說：「好詩，好詩，你們都要好好背誦這首詩，只有這樣，你們才能見到本性的光芒。按照這個方式修行，只有這樣，你們才能不墜落拔舌地獄。」

弘忍叫神秀一個人到自己的房間，問：「是你寫的嗎？如果是你寫的，我的衣鉢就應該是你的。」

神秀說：「是我寫的。以我的修行，我不敢求衣鉢，只想讓大師看一下弟子是否有些小智慧，是否明白些大道理。」

弘忍看了看神秀，往左走了兩步，又往右走了兩步，然後對神秀說：「要不，你回去再想想，再寫一首，我再看看？」

菩提大雞巴
心是紅蓮花
花開雞巴大
花謝雞巴大塌塌塌

衣鉢

次日清早，弘忍在白牆上看到了另外一首詩：

菩提本無樹，
明鏡亦非台。
本來無一物，
何處惹塵埃。

所有的和尚都聚集在周圍。字跡不是神秀的，也不是筆墨寫的，血和腦漿子寫的，

紅的是血，黃白的是腦漿子。牆旁邊橫豎倒着幾具北方和尚的屍體，腦袋稀爛，腦漿和血和牆灰混合在一起。

忠於神秀的和尚們說：「慧能跑了，那百來個北方和尚和他一起跑了，往南方跑了。」

忠於神秀的和尚們說：「這個是慧能唸的，幾個北方和尚拿腦袋寫的。」

弘忍想了想，說：「這個看似真了悟，其實，空執太盛。」

和尚們於是散了。

第三天早上，玄機帶着綠腰和紅團來到東山寺，對把守寺門的和尚說，她來給弘忍送新摘的白蘿蔔。

弘忍讓不二把蘿蔔洗好了，他自己連着皮啃，啃到汁水豐富的時候就享受地微微闔上眼睛。嘴裏蘿蔔不多的時候，弘忍問不二：「你年紀小，你覺得神秀的詩如何？」

不二說：「這和年紀有甚麼關係？你真的是禪宗五祖嗎？」

弘忍說：「你覺得神秀的詩如何？」

不二說：「愚公移山，精衛填海。」

弘忍說：「你覺得慧能的詩如何？」

不二說：「如果沒一物，你往哪裏捅？」

弘忍說：「童言無忌，你看不上他們，你自己做首詩吧。」

不二說：「這和年紀有甚麼關係？」

弘忍說：「你看不上他們，你自己做首詩吧。」

不二說：「菩提大雞巴，心是紅蓮花。花開雞巴大，花謝雞巴塌。」

弘忍啃完了蘿蔔，擦了擦手，一腳踹開房間中間偏左的一塊地磚，拿出三件東西，對不二說：「小子，這三件東西給你。一個是達摩的右手中指指骨舍利，拿着當個勒子掛在身上甚麼地方吧，避邪，一般的鬼不敢上身，如果戴着鬼還是上身了，就趕快認慫，那是大鬼來了，佛祖也擋不住。但是注意，不要把你的雞雞放進去，舍利咬你雞雞。第二個是袈裟，擋寒。第三個是飯鉢，吃飯。後面這兩件，就是傳說中的衣鉢，給你了。」

不二說：「達摩的指骨舍利我就不要了，我不認識他，我有我的指骨。衣鉢我就收下了，擋寒，吃飯。」

天在瞬間暗下來，太陽變得像月亮一樣，可以坦然直視。那個飯盆看不出甚麼材質，從不同部位放出不同的光芒，時強時弱，沒有斷絕。那個袈裟看不出甚麼顏色，從某個角度看去，彷彿光素無紋，從另一個角度看去，卻彷彿有無盡的繁複圖案。

弘忍說：「授衣之人，命若懸絲，掃廁所的，你好自為之。」說完，點亮一根蠟燭，一屁股趺坐而坐，在被踹壞的地磚上，合掌而死。

玄機說：「的確是五祖弘忍，機鋒如刀。不二啊，拿了衣鉢，還不快跑？」

不二看了一眼擺在地上的飯盆和袈裟，說：「你喜歡啊？拿去。」

玄機說：「能拿走的怎麼會是衣鉢？你的雞巴大了嗎？」

不二說：「看到你，你一絲不掛，我雞巴的心中開出一朵花。」

玄機哈哈大笑，笑倒在袈裟上，袈裟上的寶瓶、金魚、海螺、蓮花亂轉。

不二看到玄機的屄屄，這是他第一次看到屄屄的實物，比廁所牆上各種和尚畫的屄屄嚇人多了，彷彿一條看不清盡頭的窄路，路口野草和灌木，一個永不癒合的傷口，也沒有渴望癒合的跡象，一口不知道有沒有水的井，一會兒濕潤，一會兒乾燥，一窟或許有猛獸的山洞，洞口冒出白煙，似乎聽到野獸慢慢行走的聲音，聞見野獸糞便的味道。

不二不怕野獸。不二沒再說一句話。不二抓着玄機，撕扯玄機，進入玄機癒合不了的傷口，去看看野獸。玄機的頭髮在一瞬間長出，長過尾椎，無限茂密，包裹玄機的裸體。不二不說話，不二抓玄機的頭髮，一邊抓着，一邊用各種角度和體位進入她，用雞巴擊打她，粉碎她，毀滅她，保護她，創造她，眼看着她成為袈裟的一部份，她和袈裟上的圖案一起明暗變化，和天地一樣大。玄機的頭髮真黑，不二抓頭髮的手被染得黑紫，連着手臂都發暗青。不二抱着玄機，彷彿一起沿着這黑色下墜到一個無底的水井，一直到地心，再反彈回地面，再墜落到地心，幾個反覆，兩個人就長在了一起，屄屄的肉焊着插着屄屄的肉，肩膀的肉焊着抱着肩膀的手，周圍是包裹得緊緊的黑暗。不二再抱緊玄機，一個屁，飛到天上去，風箏一樣，白雲在瓶，老鷹徘徊，那麼高遠，不二再使勁肏玄機，動作再大，遠遠看去，也似乎一動不動，兩個人焊在一起。

在一瞬間，不二第二次清晰感覺到自己彷彿一個水桶，桶底突然脫落，精液一瀉而出，射在玄機的眼瞼、耳孔、頭髮、顴骨、嘴唇、陰戶、頭髮，射在飯鉢，滿滿地漫出來，漫到袈裟，寶瓶、金魚、海螺、蓮花漂浮起來，袈裟漂浮起來，袈裟上的飯盆和玄機一起漂浮起來，玄機上的不二漂浮起來。

不二對玄機說：「姐，這下完蛋了，我把我雞雞射到你陰戶裏面了，雞雞不見了，我徹底丟了。」

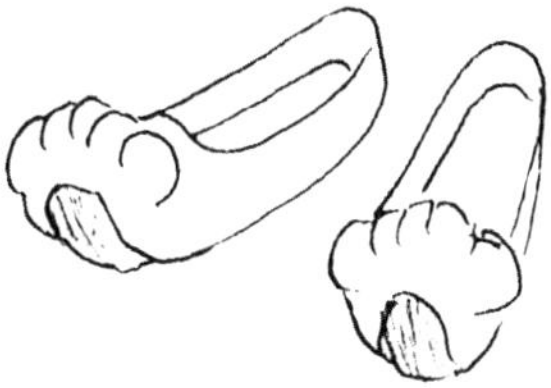

極少數執迷不悟
的人試圖合手遮天
殊不發現衣缽紋絲不
動重逾千金

嶺南

慧能在弘忍房外留詩之後，翻牆出了東山寺院牆，三更出發，開始了他的逃亡之旅。

第二天還不到正午的時候，馮墓山方圓百里的寡婦、老人、兒童、殘障、罪犯都得到了消息：慧能悟道，得到了弘忍的認可，受到神秀的迫害，帶着弘忍真正的衣鉢，已經逃離了馮墓山。有些村落之間的通信靠鴿子，有些村落之間靠能快跑山路的小男孩，有些村落靠巫婆乳房的疼痛感知遙遠的村落想要傳遞的消息，有時候這種消息的傳播比事情的發生還要迅速。慧能還沒到九江，已經有人說，看到弘忍親自送慧能到了九江驛站。最老的老人們集體咒罵弘忍沒有骨頭，不敢正面承認慧能的詩體現

了最大的了悟。孩子已經成年的寡婦們，認真地商量，既然塵世已經沒甚麼掛念，不如約好同去長安，朱雀大道走九遍，然後到皇宮門口自焚，讓更多人知道真相。

最多的時候，追殺慧能的人有近千名，他們得到的指令非常清晰，奪回衣鉢，送回馮墓山，殺掉慧能，就地掩埋。關於慧能如何逃脱追殺的，説法很多。一種説法是，慧能借助衣鉢的法力已經能夠隱身，慧能從你身邊經過，你不僅看不到他，連聽也聽不見，連嗅也嗅不見。這種説法的缺陷是，慧能隱身之後，衣鉢怎麼辦？如果衣鉢不能隱身，那人們應該看到衣鉢被一隻無形的手托着在空氣中跑。如果衣鉢能隱身，又是甚麼法力讓衣鉢隱身的呢？另一種説法是慧能教會了周圍山民製造地雷，山民們在他們製造的地雷上都安放了慧能可以識別的記號，這些記號追殺慧能的人無從識別。最普遍的説法是，慧能得到衣鉢之後，佛法更加精進到無上境界，當任何人追上他的時候，他就停下腳步，轉過身來，一言不發，示意追殺他的人把衣鉢拿去。任何追殺慧能的人看到慧能的眼神兒就立刻領悟到自己的罪過以及和佛的距離，選擇轉身回去、就地消失、和慧能一起向南、或者自殺，極少數執迷不悟的人試圖拿起衣鉢，發現衣鉢紋絲不動，重逾千斤，慧能的肉身刀槍不入，金剛不壞。

慧能逃到嶺南漕溪，周圍已經是他熟悉的兒時風土，風吹過身體，沒有寒意。慧能決定在漕溪的山水和群眾中隱身。開始逃亡時身邊的一百個高句麗和尚只剩下了五個，一路上死去的九十五個和尚，每人平均殺死了五個半前來追殺或者攔截的人。

七年之後，唐高宗征高句麗。春夏之交，唐軍推進至鴨綠柵，高句麗各城守軍或逃或降。唐軍進至平壤城下，九月十二日，高句麗僧信誠打開城門，唐軍衝進城中，高句麗亡國。

十六年之後，儀鳳元年，遠在長安的神秀才再次聽到慧能的消息。慧能再次升堂傳法，在之後的三個夜晚，睡了一個姓黃的寡婦。

禪宗在六祖之後，因為再也沒有找到衣鉢，再無七祖。

我說你聽我的
給你看我的样
你說我就好你
這一口

不二

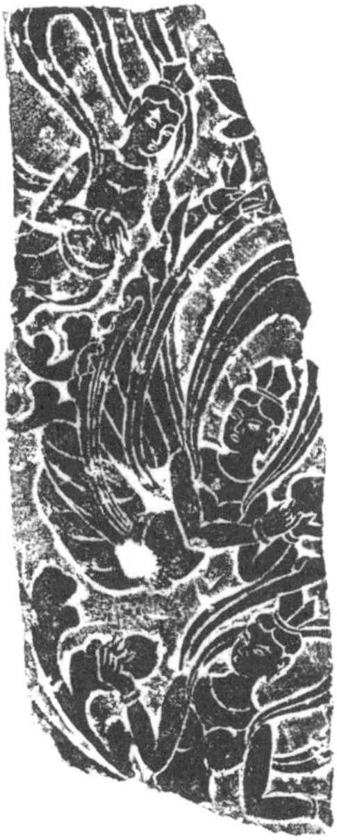

玄機醒來的時候，屋外小雨。身體被不二的精液黏在地面上，掙扎了掙扎，才脱開。不二不在了，綠腰和紅團也不在了，弘忍的屍體還在，周圍是一群拿着鐵頭棒子的和尚。

玄機第一次覺得言語無力。玄機不想説任何一個字，因為沒有這種語言。玄機不想比較，因為沒甚麼可以比較，甚至她開悟的經歷都無法和這次性交比較，或許那次開悟根本不是開悟。

玄機聽見空氣中不二脆嫩的童聲：

我的杵是金剛的，
我的鈴是金剛的，
我周圍的海是口水的，
我面前的山是屄肉的。

我鈴，口水都是水。
我杵，屄肉都是灰。
一步不退，
心粉粉碎。

你他媽的怎麼還在啊，
左踝搭着我的左髂，
右踝搭着我的右髂，
你的屁股壓着我蓮花座上的蓮花。

我說，你聽我的鈴你看我的杵，
　你說，就好你這一口。

玄機笑了，想，你真是個小孩兒啊，沒有其他人告訴過你嗎？拿着鐵頭棒子的和尚們問：「你見到衣鉢了嗎？誰拿走了？」玄機笑了：「我見了衣鉢，衣鉢不在東山，你們抓到慧能了嗎？」玄機吹滅弘忍點起來的蠟燭，合掌而死。

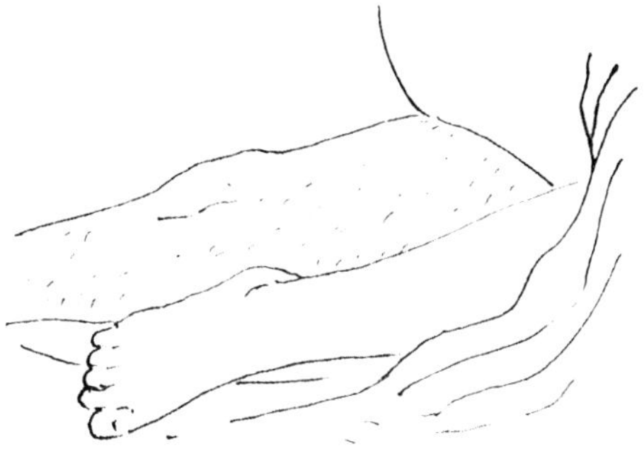

他完全看不見
他看得一清二楚
他覺一切的一切和
小時候一模一樣
專一不二

藏®
經®

不二從馮墓山下來，各個路口已經無人把守，所有忠於神秀的和尚都南下追趕慧能去了。不二在一個山民房屋背後撿了一個竹編的背簍，把弘忍的衣鉢用件舊袈裟包了，放在最底層，雙肩背了，向西而去。

不二想：「達摩老祖是從西邊來的，張騫、班超都去過西邊，法顯、玄奘也都去過，鳩摩羅什就生在那邊，我也要去看看。關鍵是，玄機也去過，她到過敦煌。」

東山寺裏常陪不二要的一隻山貓，叫了一聲，然後跟他一起出了東山寺，下了馮墓山。這山貓總是快他三步，走在他前面，在黑暗和未知中，瞪前方一眼、嚎叫一聲、或者毛炸起來。

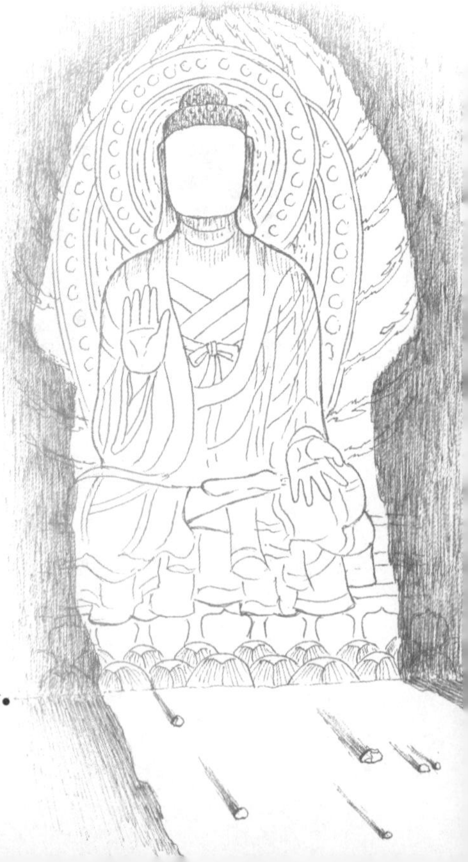

有人煙的時候，不二分一半化緣來的食物給山貓，山貓葷素不挑。沒人煙的時候，不二停下來休息，山貓在他周圍十丈撒一圈尿，讓一般的動物不敢進入，然後消失一陣，叼回小動物和植物和不二分食，不二也葷素不挑。

過了長安城再往西，一天日落之前，涉過一條河流，在一個山口，山貓變成了一隻老虎。老虎繼續跟着不二，不二走不動的時候，叼不二到牠背上，騎牠跑一陣。

不二轉挑人煙稀少的小路，夜裏走，還是遇上過三撥實力強大的強盜。幾個人把虎引開，另外的人洗劫不二。除了一些吃剩下的小動物和植物根莖之外，不二的背囊裏就是弘忍給的衣鉢，這些強盜反覆查看，都沒看見。一個一無所獲的強盜氣急敗壞，搶走了不二的內褲，強盜說，沒肏過屄的小和尚的內褲在治療陽痿方面有神奇的效果。

不二走到敦煌的時候，身上已經一絲不掛，他決定不再向西。

不二沒了僧衣，也沒了內褲，鬍子和陰毛越來越長，腰間披着顏色不一的小獸皮，在一隻老虎的後面，半閉着眼睛走。不二偶爾說話，老虎也點頭或者嘆氣。老虎偶爾發出聲音，不二也知道牠想表達甚麼感情。不二想，再走下去，在某個夜晚，他也會四足着地，變成另一隻老虎，山貓變成的這隻老虎會回過頭，看他一眼，逼他從後面喬牠。

滿眼是黃色的沙、瓦藍的天、灰黑色的山脈。天上沒有飛鳥，地上沒有走獸，或見葭葦、檉柳、胡楊和白草，怎麼遠望，看到的都和腳下一樣。地表上的沙土被風吹了多年，模糊看去，呈現城池、飛鳥或者走獸的形狀，偶爾看到枯骨和骷髏，有時候甚至是整個屍體。屍體上常常頭戴氈帽，身裹毛毯，腳踏皮靴，因為風乾物燥，露出的肌肉完全沒有腐爛，面目清晰，頭髮金黃而細長。腰裏佩戴石頭或者木頭雕刻的陽具，常常是三、四個，有直挺的，有微微彎曲的，有的雕出馬眼甚至曲張的靜脈。這些對不二都沒甚麼用，唯一有用的是他們脖子上的毛線小囊，裏面往往包裹着麻黃碎枝。不二最渴的時候，這些麻黃救過他無數次性命。抓一小把，咀嚼，唾液就滿滿湧上來，陽具梆梆硬起來，不二繼續往西走。

藍天裏，黃沙裏，陽光映照下，灰黑色的山岩上發出閃閃的點點的金光，彷彿大有深意，又彷彿毫無意義。渴到嚼麻黃都不管用的時候，嘴唇比牙齒都僵硬，不二看到躺在袈裟上的玄機，她的胴體上，無數的毛孔發出同樣的閃閃的點點的金光。

不二故意避開了前山，那裏綿延百丈的石窟，從魏晉開始，敦煌有巨大頭臉或者有巨大內疚的男女就一個個地開窟造佛。節假日天氣好，他們帶着家眷老小從城裏過來，看看自己供養的佛，喝喝酒，唱唱歌，吃肉和饅頭，追悔曾經犯下的罪惡。

不二在後山半山找到一個廢棄的院落，周圍的村民說原來住過一個叫玄機的尼姑，長得非常好，奶大，皮膚白皙，但是基本是個瘋子，絕不肏人，從不自摸，常常和一個被她稱作韓愈的男子說話，但是誰都看不到院子裏任何男人的跡象。

不二安頓下來，在院子周圍開了三畝荒地，一畝種了玉米，一畝種了麻黃，半畝種了大麻，半畝種了罌粟。囤積了足夠的食物、換來了足夠的雕刻和繪畫工具之後，不二帶了一袋子玉米麵餅和一袋子大麻罌粟，上山開窟。

窟的形狀仿玄機咸宜庵裏床帳。彩塑是玄機肏完之後的恬靜模樣，彎眉、細眼、酒窩，不穿衣裳，只帶瓔珞，綠松石、紅瑪瑙、青金石、粉水晶、白玉石。頭頂藻井是蓮花，周圍壁畫是飛起來的綠腰和紅團，不穿衣裳，只帶瓔珞，綠松石、紅瑪瑙、青金石、粉水晶、白玉石。

開鑿的最初，每天要回山下取水，不二下去的時候，老虎就守着洞窟的門口。三十四天後，洞窟裏鑿出泉水，不二就再也不下山了。老虎偶爾消失，過一陣自己回來，不二很快失去了時間概念，渴了喝水，餓了吃玉米餅，累了用麻黃、大麻和罌粟，造窟一刻不停。

不斷生長的植物、山上的碎石和風吹來的沙子漸漸封堵洞口，光越來越暗，但是不二看得越來越清晰，有光從玄機的身體裏發出，映照得松石更綠，瑪瑙更紅，刺得不二睜不開眼睛，上下眼瞼逐漸長在一起，再也分不開。之後，每一天都是看弘忍坐化的那一天，都是肏玄機的那一天。不二依稀記得他爸給他和他二哥、大哥講人生道理，說古人朝聞道、夕可死，當時他爸咬牙切齒的，彷彿死需要很大勇氣，是個偉大的事。不二明白，他爸是沒體會過得道，一旦得道，時間和空間的界限就會消失，人就會一直活在那天裏，活在真理裏，活在那個女人的身體裏，行屍走肉，朝露夕陽，死不死一點都不重要了。

最後一道工序是給佛像上彩。

描畫完大面積的衣裳和瓔珞之後，所有的畫筆都禿了。好在剩下的空白不多了，不二脫了纏在下身的褲子，陽具沾滿朱砂，轉着圈，點了佛的兩個奶頭，然後爬到高處，橫着左右來去，塗了佛的上下嘴唇和兩道眉毛。陽具和畫筆相通，都有毛，都是軟中有硬，使出硬的感覺來，力氣在中間，才是使對了。佛的兩隻眼睛勾勒得最快，畫的時候，不二沒有一刻停留，不二知道，慢了，一定錯。但是，睫毛是一筆一筆描的，筆道雖細，但是每筆之間都有清晰的縫隙。描到後來，不二怎麼在心裏看，怎麼覺得佛和玄機的眼神生得一模一樣。描到眼角最後一根睫毛的時候，不二的陽具再也忍受不住，射了。精液射在佛和玄機的睫毛上、眉毛上、眼睛上、臉上，緩緩順着臉頰滴到兩個奶頭上。開始的時候，射出的精液是紅色的，最後的時候，射出的還是紅色的。不二第三次感覺到一種徹底的平靜，第一次是那個夢見身體如木桶脱底般在瞬間徹底乾淨了的夜晚，第二次是射在玄機的身體裏面。

不二想起小時候，他脱了褲子，牽出雞雞，一彎半圓的尿柱，在牆根下，撒尿澆灌一朵完全開放的野菊花。不二閉着眼，面對着眼前流滿他精液的玄機的佛的臉，他完全看不見，他看得一清二楚，他覺得一切的一切和小時候一模一樣，本一，不二。

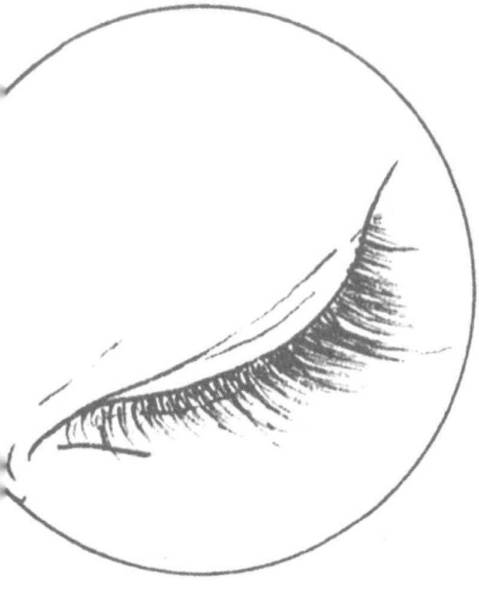

後記

後記一

第零章：偽經

中華人民共和國五十八年，中華民國九十六年，西元二零零七年三月八日，我坐在蘭州機場的候機廳，窗外大雪，我在窗子裏面等待飛往敦煌的飛機除霜完畢。

客戶是個國家石油公司，每年在固定資產上花上千億的錢。總部總想把花錢的權利收上去，地區公司總說，我操你媽。本來這次去地區公司訪談，應該我一個女同事出差，但是她前天小產，身心愁苦，不明白她肚子裏的肉為甚麼被判了死刑，問天問地，無法釋懷，於是讓我來頂替。

第一站是蘭州，從機場坐出租車出來，道邊的樹木都長得比別處尖酸刻薄，溜着肩膀，縮着下巴，不像好人。中飯就開始喝酒、吃麵、抽蘭州牌香煙，香煙殼上有紫藍色的飛天。負責招待的副總說，晚上我帶你去城裏逛逛，蘭州晚上像香港，白天像阿富汗，我們都是塔利班，操總部這幫小畜生他媽們一千遍。最後一句是他肚子裏的聲音，我沒着怎麼仔細聽都聽見了。

第二站是敦煌，青海公司的後方總部。據説，青海公司有三個總部，兩個在沙漠的盆地裏，一個在敦煌，三個總部成三角形，相隔六百公里戈壁鹽鹼地。彼此往來的方式兩種，直升飛機和豐田大霸王。直升飛機飛得快，死得也快，大霸王結實，坐大霸王的人，屁股也得長得結實，尾椎骨尖都被顛平了。

坐在蘭州機場很久，買了兩次方便麵，都泡熱水吃了。廣播裏先是説，因為飛機延誤所以飛機延誤，然後説，因為天氣原因所以飛機延誤，再然後，我看見兩個人沒有任何保護爬上飛機尾翼，用個鐵鏟子刮尾翼上的冰塊，凍得跟孫子似的。

冰塊看不到了之後，我被通知上飛機，我找了個前排的座位，一屁股坐在一個大胖子旁邊，大胖子眼窩深陷，一看就非我大漢族類。飛機起飛之前，一個雙奶無邊的空嫂對我身邊的大胖子説，飛機太小了，需要平衡，你到最後一排左面就坐。大胖子臉一紅，指着我，用不清晰的漢語，説，為甚麼不讓這個人挪動？空嫂説，他瘦得跟杆兒似的，於事無補。大胖子臉再一紅，説，你自己為甚麼不坐到後面去？你沒瘦得跟杆兒似的。空嫂臉一紅，説，信不信我叫乘警扔你出去？

從敦煌機場下來，海藍的天，屎黃的地，樹更小，但是毫不猥瑣，葉子稀疏，精神健碩，緊縮成一束，彷佛一個個七天七夜水米未進的托鉢僧。酒店前廳巨大，柱子上飛金龍，池子裏飛金魚，我和前台的服務員交談，感覺我們的個子都很渺小，因為回音，提高了嗓音還是挺不真切。

入住之後，有個瘦小的男人掐滅煙捲，尾隨我進入電梯，瘦小但是毫不猥瑣。他從懷裏掏出一卷紙，說，這是我上週在鳴沙山後山撿到的，後山撿到的，都是唐朝或者唐朝以前的東西，同時還找到些虎骨和虎牙，你看看，值多少錢，你想不想買。我粗通古玉，對舊版書毫無了解，但是知道，這種事兒，一百件中有一百件假的，如果是真的，那是古董商犯蒙，給你拿錯了。

我沒敢上手，怕是碰瓷兒，悄悄瞥了一眼，紙是真黃、真薄，看着真老，彷佛一吹就破，封面枯筆寫着《不二甲乙經》，枯墨畫着一個和尚，臉如滿月，身軀妙曼，腰彎如勾，脊椎如簧，自己在給自己口交，筆意近明末石濤，近我在北京大學圖書館廁所看到的壁畫。我說，初版的毛澤東選集四冊在中國書店賣十五塊，我也出十五塊吧。瘦小男人說，再加五塊，給你了。我說，好。

我洗了手，看了一宿。當晚大雪，如菩提樹葉，如手掌，如渡船。月亮細窄，但是賊亮，滅了酒店房間的燈，合上全部窗簾，還是遮不住，直接刺進胸膛。卷子的文筆一般，文白摻雜，顯然經過多人多次酒後藥後女人後的高駭閱讀和肆意篡改，筆跡和文風都有明顯差異，至少有三個以上的男人，或猥褻，或愁苦，對最終版本作出過實質性的貢獻。禪宗和尚中，文盲和禪油子從來豐富，見佛操佛，見祖日祖，連教宗最根本的《壇經》都改得面目全非。我無法完全辨別這卷《不二甲乙經》的真偽和添改先後，但是翻閱後莫名其妙地失眠，然後反覆做夢，夢見非我大漢族類的胖子把陰莖埋進屬我族類的空嫂的雙奶，然後在淩晨坐起來，打開電腦，作為另一個猥褻而愁苦的男人，一邊錄入，一邊再次肆意篡改這個真偽難辨的敦煌卷子。

後記二

第一千零一章：玄黃

佛終於露出一個巨大的微笑，這個微笑再也沒有在他臉上消失。

關於這個微笑，前世有很多預言，後世有很多傳說。其中一個預言是，千億年之後，有佛露出微笑，其大小超過荷花，不可估量，其色碧如菩提樹葉，從不同角度看過去，有不同的深淺。預言又說，當這個微笑出現的時候，這個佛就得到了可以傳授的道，他就成了時間和空間裏唯一一個可以救眾生的佛。和這個佛相關的一切都可以被無限細分，每個細分都完整無損，包含全部佛法，眾生和任何一個細分接觸，都有了悟佛法的可能，了悟之後，脫離生死，永無煩惱。佛露出這個微笑之後，就一動不動了，這個一動不動的位置偏僻，十天之內，只有五千人設法穿越山水而來，具禮膜拜，心生感動。比這五千人多十倍百倍千倍的人聽說了這個事兒，開始變賣家產，放下手頭的工作，離開家人，向佛趕來。在沿途山谷的入口，漸漸出現了小型集市，一些橋樑開始在寬一些的河面上鋪設，一些木筏和皮筏出現在久無人跡的聖河裏，筏子上的人相互摟抱，彼此不太説話，眼神簡單而複雜，彷佛要去的那個地點是一切的終結又是一切的開始。禮佛而來的眾生沿途取食，也和當地人交流一些他們沿途耳聞目見的事情，眾生經過之後，沿途幾個小國相繼發生了內亂或者革命，幾個口碑很差的國王被打死了，幾個口碑很好的國王也被打死了，無論口碑差還是好的國王，面對暴徒的時候，都高喊，「你們要幹甚麼?」暴徒們沒人能回答這個問題，於是更加暴怒，把國王往死裏打。國王成為屍體之後，衣服被搶走，肚皮白軟，陽具埋沒在凌亂的陰毛裏，遠遠看，難分男女。

距離此佛最近的舍衛國很快向國民闡述了這事兒官方的真相：沒有甚麼佛，也沒有佛法，更沒有佛得無上佛法這回事兒。這個所謂的佛是一個遙遠小國的逃犯，很久以前，他在那裏策動暴亂失敗，躲進山林研究火、罌粟、經血、酒等物質，發現了能使眾生六覺紊亂的巫術。舍衛國國王的武士們來到佛面前的時候，佛已經一百八十天沒吃沒喝，沒有改變笑容。武士們的亂刀砍到佛身上，血流出的速度很慢，顏色如珊瑚，臉被砍成肉糜，微笑還沒消失，武士們看過去還是綠色的大過蓮花。佛成為屍體之後，平時遮體的蔦蘿藤蔓還在，遠遠看不到肚皮和陽具。武士們放了一把山火，火勢很大，多數痕跡在火中消失。等火基本熄滅之後，武士們齊齊回來，他們也聽過預言，在灰燼中拾起不同大小的殘留的骨頭，向四面散去。

五百年之後，這些武士們的後人偶爾相遇，背誦佛死前沒有記錄和整理的佛法，彼此一字不差，但是他們對於佛骨舍利大小、形狀、顏色、光澤、重量、氣味等等的描述完全不同。有的說，佛指大小如人指大小，黃潤如玉。有的說，佛指大小如人的手掌，空隙中嵌滿珍珠。不認同的質疑，佛又不是劍齒虎，牙齒怎麼能如手掌大小。親見的人反駁，佛的身體像山一樣巨大，牙齒怎麼不能如手掌大小？何況，你見過綠色的大過荷花的一百天不消失的微笑嗎？

佛被火無限細分的三百六十五天之後，一個頭髮黑亮的女人出現在舍衛國的都城，逢人便說她知道的真相。

十年前，佛被聖河河水沖帶到舍衛國都城旁邊這個山丘，這個女人看着他醒來，覺得他非常像自己早夭的第一個孩子，給了他一個盛了水的陶罐。佛謝了女人，用逐漸恢復的力氣揮手讓女人離開，他說，女人的頭髮好看，他的責任沒完，他要通過他的肉體找到一個他丟失了很久的東西，這個東西對於眾生的意義超越他的肉身。

三百六十五天之前，這個女人再次在這個山丘見到佛，佛已經變成了山丘的一部份，女人感到巨大的心痛，撥開和佛顏色一樣的一些石頭和土塊，露出佛的全身。佛說，他好久沒喝水了。女人餵陶罐裏的酸奶給佛喝，佛喝到最後一滴。有了些氣力的佛伸手抓了女人的頭髮，和女人一起睡了，佛醒來的時候，夢裏的一切都在，胃裏的酸奶，身邊的女人，還有抓着的女人的頭髮，甚至夢裏和這個女人從一體分為二個的痕跡都刻畫在自己的肚臍上，自己雞雞的長短粗細和女人屄屄的深淺寬窄也是完美匹配的。他沿着抓着的頭髮看着頭髮末端沒隨夢消失的女人，女人點點頭，他們眼前的一切和他們兩個在夢裏看到的完全一樣。

佛和眼前的人一樣，眼前的人都和胚胎一樣，胚胎都和佛一樣，佛的每個部份和眼前的景色都和宇宙開始的時候一樣。

宇宙開始的時候，是黃的，一種無限遙遠而透明的黃色，一萬年換算成長度就是股溝到龜頭的距離。一時，一處，佛露出一個巨大的微笑，這個微笑再也沒有消失。

後記三

代序：三點說明

第一，小說純虛構。時間、地點、人物、器物、起因、經過、結果如有類同，純屬巧合。

第二，寫作純真實。在一時一刻一處，一切如夢如幻如泡如影如露如電如你如我。手指敲擊鍵盤，想起記憶中閃爍的事兒，雪片兒大過眼神兒，文字和山鬼就落滿了窗外的南山。這個真實大過鍵盤和手指，大過你我，它不容置疑。

第三，內有異獸，攝人魂魄，量小就別看了。不負責通過滿足一般審美習慣讓人身心愉悅，不負責歌頌現有正見維繫道德基礎，不負責遵從主流把人往高處帶。殺父殺母，佛祖前懺悔。殺佛殺祖，甚麼地方懺悔？

後記四

代跋：我為甚麼寫黃書

有某個女性讀者朋友問：「我不奇怪你會寫黃書，但是你為甚麼要寫黃書？只是為了發洩嗎？為甚麼啊？啊？」

有某個女作家一針見血地指出：「你的核心讀者群是三十五歲到五十五歲的中年婦女，他們正在相夫教子，和絕經和絕望搏鬥，渴望愛情。她們需要的是浪漫愛情和到深情擁抱為止的性幻想，不是黃書，你這樣轉型，是自掘墳墓。」

實際情況是，從二十多年前我搗騰漢字開始，我寫作從來不是為了功名利祿、經世濟民、傳道解惑、淨化心靈，從來都是為了發洩，從來都是被使命驅動、神鬼附體、龍蛇入筆，從來都是為了一些細碎的、腫脹的、一閃一閃無足重輕的原因。瞬息間我也羨慕過靠寫作一年掙成嶺成山的銀子，名氣大到需要戴墨鏡上街，簽名售書時千萬雙手在面前揮舞，被扔臭雞蛋、可口可樂或花朵，但是那些只是瞬息間。更多的時候，我告誡自己，最不能忘記的是寫作帶給我的單純的細碎的離地半尺的快樂。我的腦袋是煉丹爐，不是必勝客的烤箱。劉勰評價作為最好中文之一的《樂府》，「志不出於淫蕩，辭不離於哀思」。歐陽修評價自己，「書有未曾經我讀，事無不可對人言」。我告誡自己，淫蕩書卷，這樣的志向已經夠高了，我沒有更高的志向。

總結我寫黃書的動機如下：

第一，自《肉蒲團》之後，過去二百年中，沒有出現過好的漢語黃書。即使是李漁的《肉蒲團》，也是嘮嘮叨叨，認識水平低下。總共二十章，論證自己是佛教啓蒙讀物而不是黃書就用了前三章，論證使用女人傷身體又用了三章，論證因果報應又用了三章。

第二，寫黃書不易。寫得不髒，和吃飯、喝水、曬太陽、睡午覺一樣簡單美好，更難。手上正在寫的這個《不二》是按這個要求做的一個嘗試。

第三，小時候壯烈裝屄成長時，常看文藝片，驚詫於人類頭腦的變態程度，也常看毛片，聽說自摸嚴重危害健康而惶恐終日。總想，為甚麼暴風雨不能來得更猛烈些呢？為甚麼美好的文藝片和美好的毛片不能摻在一起？這樣，會不會給人們一個關於美好生活的全貌？具體操作時，才發現，這是一個巨大的挑戰，靈肉過度的彆扭程度，遠遠大於清醒和入睡，稍稍小於生與死。

第四，眼看快四十歲了，現在不寫，再過幾年，心賊僵死，喝粥漏米，見姑娘只想摸摸小手，人世間就再也不會有這樣的十萬字了。現代醫學看得仔細，男人也有絕經期，「老驥明知桑榆晚，不用揚鞭自奮蹄」。

第五，我們下一代這麼美好，如果都靠看非我族類的日本 AV 和非我教義的基督教派的《查泰萊夫人的情人》和《巴黎屋頂下》啓蒙，作為中文作家，我內疚。

第六，希望在過程中自我治療好過早到來的中年危機和抑鬱症。

至於這本黃書的風格，我是經過反覆摸索的。

首先，寫完《北京，北京》之後，我決定不再寫基於個人經歷的小說了。基本意思已經點到。對於成長這個主題，《北京三部曲》樹在那裏，也夠後兩百年的同道們攀登一陣子了。

在成長之外，我決定寫我最着迷的事物。通過歷史上的怪力亂神折射時間和空間範圍內的謬誤和真理。先寫《子不語》三部。第一部，《不二》，着重於「亂和神」，色情和宗教，背景是初唐。第二部，《天下卵》，着重於「力」，兇殺和色情，背景是遼金元。第三部，《安陽》，着重於「怪」，醫學、巫術和古器物製作，科學的誕生，背景是夏商。

開始構思《不二》的時候，想分甲乙卷，甲卷寫禪宗在中晚唐的西安，乙卷寫禪宗在中晚唐的敦煌。甲卷純色情，乙卷純精神。甲卷色情到估計在網上也貼不了了，乙卷精神到或許只有北醫六院（簡稱「神六」）的病友能有耐心從頭讀到尾了。但是寫作過程中，越來越覺得這樣太裝逼，太「二」了。決定還是按現在這個樣子，合在一起寫，淋漓而下，意盡而止。聽說二月十四日也被定成了國際癲癇日，看來人同此心，心同此理。

過程中發現，我一不留神，又把黃書寫成了情書，恰恰符合可以正式放到報紙標題的那個詞彙「情色」。看來讀者群的確存在細分，《肉蒲團》服務於手淫，《不二》服務於意淫。我不和李漁爭奪反革命手淫犯了，我也爭不過。

過程中發現，這本書的流傳很可能讓我多了一種精神和世俗摻雜的死法：被沒參透的佛教徒打死。這個世界，任何時候，參透的佛教徒都遠遠少於沒參透的。如果我寫的不是佛教而是回教或者基督教，這種死法的可能性幾乎是百分之百。我甚至夢見，我被棍僧亂棍打死在中非的草原上，禿鷲就在天空飛，竟然一點也不害怕，夢裏我聽見《金剛經》中的句子：「須菩提！於意云何？若人滿三千大千世界七寶以用布施，是人所得福德，寧為多不？」須菩提言：「甚多，世尊！何以故？是福德即非福德性，是故如來說福德多。」「若復有人，於此經中受持，乃至四句偈等，為他人說，其福勝彼。何以故？須菩提！一切諸佛，及諸佛阿耨多羅三藐三菩提法，皆從此經出。須菩提！所謂佛法者，即非佛法。」嘿嘿，其福勝彼，來吧來吧，小寶貝。

過程中發現，編故事，其實不難，難的還是杯子裏的酒和藥和風骨，是否豐腴、溫暖、詭異、精細。

是為後記。

二零零七年一月至二零一一年一月，北京，香港，深圳，舊金山

附錄

附錄一

柴靜看馮唐：火炭上的一滴糖

柴靜

一個知性女記者，一個猖狂全才男，柴靜看馮唐，永遠「滋滋」地響，翻騰不休，就像火炭上的一滴糖。

一

中學語文課本上有道題，魯迅先生寫道「我的院子裏有兩棵樹，一棵是棗樹，另一棵還是棗樹」，課後題問「這句話反映了魯迅先生的甚麼心情？」

老羅當年念到這兒就退學了，他說「我他媽的怎麼知道魯迅先生在第二自然段到底是怎麼想的，可是教委知道，還有個標準答案」。

馮唐是另一種高中生，他找了一個黑店，賣教學參考書，黃皮兒的，那書不應該讓學生有，但他能花錢買着，書中寫着標準答案「這句話代表了魯迅先生在敵佔區白色恐怖下不安的心情」。他就往卷子上一抄。

老師對全班同學說「看，只有馮唐一個同學答對了。」

二

後來過了好多年，他倆認識了。

老羅一直初中學歷，沒買假文憑，沒考電大。販中藥，擺地攤，來北京混滾滾紅塵，馮唐在協和學完了醫，美國念完博士，進了麥肯錫當完了合夥人，買了後海的四合院，老羅剛來北京住他家，他給老羅找錢投資搞學校。「有了錢，有甚麼壞事兒，就更敢作了」。

老羅在飯桌上橫絕四海，嬉笑怒罵，馮唐是飯桌上不吭不哈，挺文靜的，但眼睛活，別人説沒意思的話他就拿手機拍桌上的姑娘，有人説邪話，他笑得又快又壞，有時候還側頭跟老羅補充句甚麼，我們沒聽清，問説甚麼，老羅一揮手「別問了，這是個流氓」。

我當時覺得馮唐猖狂，有天晚上吃完飯一起坐車，他跟我説從小沒考過第二，托福考滿分，不用背，是過目不忘的記憶力。寫東西的時候根本不想，憋不住了一坐，像有人執着他手往下寫。

我心裏想，這哥們實在是。

後來還跟老羅聊過「他挺有優越感啊」。

老羅帶着欣賞之意説「臭牛逼唄」。他自己也根本不是個謙退的人，「希望那些喜歡用『槍打出頭鳥』這樣的道理教訓年輕人，並且因此覺得自己很成熟的中國人有一天能夠明白這樣一個事實，那就是：有的鳥來到世間，是為了做它該做的事，而不是專門躲槍子兒的。」

三

一開始馮唐的小説我不太喜歡，一股元氣淋漓，但橫衝直撞不知所終，在我們姑娘家看來，這是由男性荷爾蒙驅動的寫作，是另一種動物的囈語——好像我們的存在只是像一面鏡子映射出他們，不容易有共鳴。

不過他的文字真是腥、鮮，寫跟姑娘在實驗室用燒杯喝七十度的醫用酒精，邊上都是用福爾馬林泡着的人體器官，「我喝得急了，半杯子下去，心就跳出胸腔，一起一伏地飄蕩在我身體周圍，粉紅氣球似的，我的陽具強直，敲打我的拉鎖，破開泥土的地面就可以呼吸，拉開帷幕就可以歌唱。酒是好東西，我想，如果給一棵明開夜合澆上兩瓶七十度的醫用酒精，明天夜合會臉紅嗎？香味會更濃嗎？它的枝幹會強直起來嗎？」

中國字和中國字往一塊這樣一放，像有線金光鑽在馮唐的文字裏，有的地方細尾一蕩抽人一下。

這挺怪的，我們都是七十年代人，我的課外閱讀是批判胡風的文件和作文通訊，寫作文是「平地春雷一聲響，四人幫被粉碎了」，他這個東西從哪兒來的？

大概是因為他和老羅都把背標準答案的時間省下了，老羅退學後，看李敖王朔《羅馬帝國衰亡史》，馮唐看勞倫斯，二十四史和《金瓶梅》。我十七歲學汪國真的時候，他倆已經寫小說了，老羅寫個挺魔幻的尿床故事，投給《收穫》，馮唐投的是《少年文藝》，裏頭有句詩，一個半大孩子，已經邪得很猙獰了，「我沒有下體，也能把你燃燒」。

他們都這麼野氣生蠻地長起來，瞧不上肉頭肉腦的精英，香港有個董橋，句子寫得刻苦又艷麗，六十歲的時候感慨：「我扎扎實實用功了幾十年，我正正直直地生活了幾十年，我計計較較地衡量了每一個字，我沒有辜負簽上我的名字的每篇文字」，文章叫〈鍛句煉字是禮貌〉。

馮唐說「這些話聽得我毛骨悚然，好像面對一張大白臉，聽一個日本藝妓說，『說我扎扎實實用功了幾十年，我正正直直地生活了幾十年，我計計較較地每天畫我的臉，我沒有辜負見過我臉蛋上的肉的每個人』」。

朋友裏說起馮唐，分兩類，一類喜歡他，說「他左手一指明月，右手一指溝渠，然後把手指砍了。」

另一類連他的名字都不能提，「陰氣太重」。

四

我理解他們說的「陰氣」是甚麼。

有次跟馮唐說起韓寒，他說韓的雜文好，我問他覺得韓的小說怎麼樣，他舉個例子說有個他喜歡的作家叫伊恩，寫過八個中篇，全是禁忌，欺負白癡甚麼的，非常顛覆根本道德的人性最黑暗的一面，「但是他的視角是好小說家的視角。」

他說了個細節「他們在二樓，在一個小漁港旁邊，有魚的味道一直在，跟女生抱在一起，感到怪獸在撓那個牆，他說給那個女生聽，那個女生一開始沒聽到，慢慢她也聽到了。」

這個細節讓他感到用口語無法表達的那種敏感，「這是正常人的眼睛看不到的東西，但是是正常人在某一天，或者下雨，或者醒來，忽然感覺到的東西。」

他說，這就是小說家的責任。

他說「韓寒根本沒摸到門呢」。

他認為自己有這個敏感，「曾是寂寥金燼暗，斷無消息石榴紅」。

他學醫的幾年加重了這個氣息，「我記得卵巢癌晚期的病人如何像一堆沒柴的柴火一樣慢慢熄滅，如何在柴火熄滅幾個星期之後，身影還在病房慢慢遊蕩，還站到秤上，自己秤自己的體重。」

能看到最黑暗處的人，大概有曹雪芹說的殘忍乖僻與靈明清秀兩氣相遇的氣質，「使男女偶秉此氣而生者，在上則不能成仁人君子，下亦不能為大兇大惡。置之於萬萬人中。其聰俊靈秀之氣，則在萬萬人之上；其乖僻邪謬不近人情之態，又在萬萬人之下」。

五

我奇怪的是，寫這一類字兒的人一般遠離俗務，吃完大酒橫着肚腹，讓帝王讓開別擋着光。他不，從美國回了香港，香港又回了內地，還轉到大國企工作，當上了局級幹部，簡直是泡在世俗裏，「中午喝酒，喝到三點，談，談到了晚飯，沒談完，吃完晚飯看二人轉，晚飯被三中全會了。吃完涼菜，就站着敬酒。喝得吐了再喝，到十二點。」

我問，天天開會怎麼辦？

他說有個大官兒跟他說「開會的時候帶一唸珠，就當聽和尚唸經」。

黨的套路、老外的套路、政治的套路、商業的套路，他都熟。說政治需要相對透明的規則，如果沒有很多年的契約精神的積累，辦不到。「現在要不然是大國企，要不然是小本生意。別的根本形成不了力量」，我說你能做甚麼，他打個比方，現在都知道醫院不行，要靠藥養着，他當年的協和的同學都是嚴重低工資，但沒有載體幫它扭這個勁兒。他想利用這個國企去開個十家醫院，不要甚麼人都去協和。

他說，現在這種壟斷的狀況，只能試試擰身鑽進體制，「把事挑起來」。

我有甚麼俗事兒就問問他，他說他有個有用玩意兒，是一個戴金鏈子的美國老太太教的，在麥肯錫公司苦練了十年，叫金字塔原則。給我發個文件來。

「用一句話說，金字塔原則就是，任何事情都可以歸納出一個中心論點，而此中心論點可由三至七個論據支持，這些一級論據本身也可以是個論點，被二級的三至七個論據支持，如此延伸，狀如金字塔。

他寫「對於金字塔每一層的支持論據，有個極高的要求：MECE（Mutually exclusive and collectively exhaustive），即彼此相互獨立不重疊，但是合在一起完全窮盡不遺漏。不遺漏才能不誤事，不重疊才能不做無用功。」

我才第一次看到他搞諮詢管理的嘴臉「過去皇帝早朝殿議，給你三分鐘，現在你在電梯裏遇到領導，給你三十秒，你只彙報中心論點和一級支持論據，領導明白了，事情辦成了。如果領導和劉備一樣三顧你的茅廬，而且臀大肉沉，從早飯坐到晚飯，吃空你家冰箱。你有講話的時間，他有興趣，你就彙報到第十八級論據，為甚麼三分天下，得蜀而能有其一。有了這個原則，交流起來最有效。」

這人是有志於世事的，看中曾國藩立德立功立言三大不朽，「曾國藩牛啊，把自己的肉身當成蠟燭，剁開兩節，四個端點，點燃四個火苗燃燒，在通往牛逼的仄仄石板路上發足狂奔。」

所以他第一學老曾人情練達，依靠常識百事可做。第二如果想立事功，不要總在集團總部務虛，到前線去，到二級公司去，真正柴米油鹽醬醋茶，對付痞子混子傻子瘋子，對一張完整明確的損益表負責。第三學老曾靈明無着，物來順應，不像和尚隱入五百里深山，要喝盡世事煮沸的肉湯，領會甚麼是「未來不迎，當時不雜，既過不戀」。

六

但有一樣他恐怕學不來，老曾一輩子一隻青藤箱，一件布衣，前襟上還帶着油漬，稍有點世俗之念，就罵自己是畜生，說不為聖賢，就為禽獸。他是兩樣都要，事功文章古玉姑娘，哪樣都捨不得。

其實他心裏挺清楚的，知道真正的文學要付出甚麼代價，不像司馬遷那樣付出身體，就得像曹雪芹這樣付出窮苦。真要想醇酒美人還要文章傳世，有點貪婪。他也想像狗子那樣一張苦瓜臉，一枝潦倒筆，「全知全能又百無一用地度過一生」。

但他有一個媽，他媽是純種蒙古人，老了還穿一身大紅裙，脖子裏掛狼牙，一人能喝一瓶蒙古套馬杆酒，看見長的好的動植物，說拿回家燉了，見着風景好的地兒，說佔一塊蓋房子。

有這麼一媽，他就不太可能成阮籍、嵇康。加上他是紅旗下的蛋，沒戰火沒亂世，聽着奧斯特洛夫斯基的「人的一生應該這樣度過……」長大，大學宿舍裏天天喝着劣質茉莉花茶坐看紫禁城的金琉璃頂鬼火閃動，出了國幹了諮詢又知道了一張A4紙上寫了字能換兩萬美刀。

這樣的人哪兒還能受得了「百無一用」。

我問他權力對你來講有吸引力麼，他想了一會兒說「我能感覺到吸引，但沒有形成貪戀，大權在握的時候，還是挺爽的」。

他想了一下，又說，還是挺爽的。

然後又說了一句，還是挺爽的。

又拿一個朋友舉例子「你說老陳他做的事是全行業裏最好的，但為甚麼還要委屈自己去跟一幫傻逼競聘？因為沒有待遇就沒這個台子，這是個兩難，當然要到這兒，你非得扭自己一下，但這扭一下，肯定就離你自己心裏的理想遠一點。」

陸放翁有句話說「少時汩於世俗，頗有所為，晚而悔之，然漁歌菱唱，猶不能止」，馮唐說他看了有點害怕，但也知道這是命。

有不少人勸他，甚麼都有了，風景好的地兒哪兒都有房，幹嘛不停下來專職寫。他說，「有一個人天天背水上山，後來山上有了井，他還一直背，有人就說，你幹嘛還背這個簍，他說後背冷。」

七

他有次說「比如我立志要當一個酒保，那又怎麼樣呢？但按傳統價值觀就是不靠譜的。」

我說「你能擺脱麼」。

他說「擺脱不了，所以我要反抗。」反抗方式之一是寫黃書，知道發不了。還要寫。說是他小時候看勞倫斯，看《肉蒲團》，看《金瓶梅》的結果，想要寫本又真又好又善良的，「像花絲要把花藥傳給雌花的蕊柱上一樣美好，像餓了吃飯再餓再吃一樣善良」，傳個五百年造福人類。

說想發我看，又挺不安「柴老師你不會覺得我是流氓吧」。

嗨，柴老師也是見過世面的人。

我說你撒開寫吧，寫字兒的人是造物，給萬物命名。

後來他發大綱來看，叫《不二》，第一句話是魚玄機站山崗上對老禪師說「你要看我的裸體麼？」後邊都是大尺度，挑戰禁忌，汁液淋漓，我沒覺得不適，只是有點不太明白他想寫甚麼。

有次說起來這個，他說很多小說，不說明甚麼，看了更糊塗，或者讓你以為明白的，再次糊塗。「《不二》，故事清晰，人物背景清晰，力量起伏清晰，但是人物如何評判，對錯等等，毫無結論。」

那你為甚麼要寫黃書？我問。

他說「我推崇的不是濫交，我只是要拋開審美和正統思維，因為接受新思維對於流氓是很容易的，對於社會主義老太太是很困難的。」

他問他爸，到這個年紀，你人生還有甚麼未了的心願，他爸說我想解放台灣。

他挺感慨，說這麼樣的一個人心基礎，即使有甚麼想法，也很容易碰到很大範圍反對，再正確，也怎麼都推不動的。「誰呆在這個位置上，都推不動——並不說這個對，但這是一個現實。如果這麼一個人群，讓他們來支持你，只能用他已經習慣的東西。如果想站起來反對甚麼，反的人也是大字報言論。

他說，「如果成了，可能更差。」

他用這個解釋他為甚麼不談時事，也不跟甚麼東西正面衝突，要寫文藝。馮唐說「文藝有甚麼作用？至少能啓人心，多有點美感，往天上一看，不光有太陽。這人一分心，獨立性就能建立一些。」

他這話像蔡元培說過的，「一個沒審美的民族是不知善惡的」，所以一戰後蔡有個觀點，道德的提高要依靠美術的教育，「美無私利，可以『隔千里兮明月』，有普遍性。將人我之見漸漸熄滅。」

馮唐說他有個中篇，是寫遼代太監的故事，他說，「我想用我的方式寫寫歷史，平時聽的這些事兒，至少可以有另外的解讀，你聽到的不是真理，只是真相的另一種說法。至少是我認為的說法。汪精衛是個大壞蛋嗎？看你怎麼看了。人心應該相對複雜起來。不要從小就是標準答案，不是就錯。」

這時候是能看出有了錢的好處——寫的時候可以百無禁忌，不為印成紙，不為掙銀子，寫完提筆四顧，躊躇滿志，他說「如果沒有一定的經濟基礎，思維獨立，很多事兒你是不敢做的。反過來說，經濟上自信，你有自覺精神，能獨立思考，這是分不開的。」

這是他對自由的理解，有一點像他喜歡的毛姆筆下的人物，「他像是一個身上塗了油的角力者，你根本抓不住他。這就給了他一種自由，叫你感到火冒三丈。」

八

他文字上囂張得厲害，怪力亂神，但說起話很平常。這個挺好，怕就怕反過來。他們說他喝大後，說話尺度極大，但我沒趕上過，所以我覺得他是個內向的人，跟女生說話離遠一站，有時候還結巴，覺得他這人也像他的小說一樣，好像瘋長的時候抽條太快，總有一部份是沒有發育成熟的樣子。

他當然也會一些悶騷的招，比如趴在桌上，眼巴巴地看着人「累了」，然後單位裏的大姐們立刻心軟「快去睡快去睡，我來做」這也就是那種中學小男生把戲，他還老有點不好意思「金牛座其實沒那麼花心」，他補一句「跟他能得到的機會相比」。

他說他喜歡的女的從沒變過。都是一個類型，都蠻強的，用他的話說像剪刀一樣氣勢洶洶地強，知道自己在幹甚麼「不會兩天沒理，一回身發現已經上吊了」。

他家王老師掙錢比他還厲害，不化妝，背個「為人民服務」的布包，聰敏過人，飯桌上，他稍說句過頭話，她看他一眼，他就笑嘻嘻舉杯敬她「王老師，祝你幸福」。

兩人碰杯一笑。

有次聊天，談起婚姻，他一拍桌子說你可是問對人了，嚴肅地想了半天，說有一點最重要「兩人還是要愛過，就算成了灰，也是後來婚姻的基礎。」

這話多平常，他這麼個看來放浪形骸的人說出來有點怪，他說有的事無論你有多聰明，道理多淺顯，不是機緣巧合時你就是不明白。

所以他雖然老拿亨利米勒的話來搞點流氓氣，"if you feel confused, fuck"，但他本質上不是一個把女性當成獵物的人，甚至有點崇拜之情，不可能輕慢或者褻瀆。就他這樣的，談個戀愛分個手都糾結個十年八年，稍下點雨就要寫幾句詩內心才平靜，一輩子跟自己左纏右鬥，也就是個場面花哨。

有次飯局上，有個姑娘跟他同來，頭髮臉蛋黑白分明。中間他和老羅去撒尿，歪頭主動對老羅說「發乎情發乎情只是發乎情」。哪兒有流氓還解釋的。

九

我倆有時候約個小局，吃飯喝茶。

我們七十年代男女中學時疏離得很，互相猜測，彼此羞辱，我回憶起來幾乎沒跟男同學四目對視過，他是當時在樓頂上看着姑娘們青白分明的髮際線，「都能聞到她們的味兒」，但也不敢搭訕。

之後二十多到三十多，男女都忙着戀愛，寸寸彎強弓，傷筋動骨地折騰，活在對自己和對方的想像裏，哪有功夫互相了解。

到了這會兒，大雪初歇，天藍得發紫，風把房頂上的積雪吹得滿天都是，金光閃閃，好像才剛睜眼看到世界本然，覺得對方和自己都不是神，不是泥，都是人。

我原來對他的小說有些抵觸，覺得當中的女性並不讓我覺得親切，後來他有次說「我只能通過我理解人」，我忽然覺得，我根本用不着通過他的小說去看到女性，他的身上就蘊涵着女性，他書裏那個精瘦的小黑男孩身上，就有我自己，童年時熱愛大白熱饅頭，芝麻醬沾白糖，喝甚麼茶都是茉莉花味兒，常看的書摸得又厚又亮，頭頂上是春天槐樹上好多叫吊死鬼的蟲子，拐過路邊，「天上兩三朵很閒的雲很慢地變換各自的形態，胡同裏兩三個老頭兒薄棉襖還沒去身，坐在馬扎上，泡在太陽裏，看閒雲變換。」

有次和菜頭深更半夜在 MSN 上說，看到馮唐寫的一段話，看得他差點號啕大哭。

說是有次開車的時候，看到前方有隻松鼠被自己的車嚇楞了。

「那隻松鼠有我見過最困惑的眼神，很小地站立地在我車前不遠的行車線內，下肢站立，上肢屈起，兩腮鬍鬚炸開，牠被嚇呆了，快速左打輪，車入超車道，牠也跟着閃進快車道，後輪子輕輕一顛，沒聽見吱的一聲，但一定被壓成了鼠片。

「太上忘情，如果更超脱一點，就不會走上這條路，最下不及情，如果再癡呆一點，就不會躲閃。小白和我就在中間，難免結局悲慘，被壓成鼠片。」

無論男女，作為動物活在世上，一粒果子迸濺在嘴裏的滋味是一樣的，為對方梳理皮毛的眷戀是一樣的，被命運輾過的痛苦是一樣的，生之狂喜和死之無可奈何也是一樣的。

十

有天晚上聊完天，他送我從院子出來坐車，好像是夏末，月亮底下，槐樹下的細胡同走好長，樹的小黑手指指着大銀星星，有幾個男人坐在路邊上借着雜貨鋪子的光說話，有一個大嫂胡亂挽了個簪，花綢褲子白胖小腿，拿隻鋁盆嘩一聲把水潑在我們的腳前一截，月光下水印子像墨一樣流得哪兒都是。

馮唐老說他心裏有腫脹，要寫出來，要化掉，才舒服痛快。能痛惜這樣的夏夜，又知道自己非死不可，這樣的人才有腫脹，才寫，他的博客名字叫「用文字打敗時間」。

歸根結底，沒甚麼是不朽的，我們終將化為粉塵，歸彼大荒，但還是要寫，寫是一件沒辦法的事，甚麼也不圖，卻非這麼不可。王小波說，雙目失明的漢彌爾頓為甚麼還坐在黑燈瞎火裏頭寫十四行詩？那就叫「自我」。

他說，「我永遠不希望有一天我心安理得，覺得一切都平穩了，我情願它永不沉默，它給我帶來甚麼苦難都成，我希望它永遠『滋滋』地響，翻騰不休，就像火炭上的一滴糖。」

附錄二

考據癖的《不二》讀後感

百曉生

一、敦煌

我是一個考據癖，很久不讀小説。小説所能提供的智力愉悦，對我來説所剩無幾。以前讀小説，我的習慣是邊讀邊用鉛筆畫圖，場景怎樣設置，詞語怎樣移動，情感怎樣轉變，理智怎樣失控……現在這個習慣已經沒有了，圖越來越簡單，文字越來越光滑，人物越來越像紙片，兩個紙片翩翩飛上天，一個寫着男一個寫着女，寫得歪歪斜斜，沒有臨過帖。

沒有臨過帖的字，永遠不是好字。最近香港有個九龍皇帝的書法展，想去看而不可遂。九龍皇帝看起來是亂塗亂抹，實際上應該是寫過石門頌。對於寫字的人，帖／碑，不是被崇拜物和被模仿物，而是一個個難度。呈現各種難度，就是創作。

馮唐去過敦煌，我沒有去過，只從紙面上了解。在敦煌殘卷裏，有着各種書法難度的呈現。我最感興趣兩種，歪斜的練筆和謹嚴的模仿。前者是剛入行的書手或隨意或小心的塗抹，後者是成熟的書手端正謹飭的完成品。有意思的是，成熟的書手中，有一些「非我族類」，根本不認識漢字，他們只是嚴格地抄襲南京或長安傳來的經卷，先寫完一卷的橫，再寫一卷的豎，或者，一個人寫完一卷的橫，另一個人寫一卷的豎。

讀敦煌法書，樂趣就在於分辨各種類型的寫法：他是一個漢人？他是一個吐火羅人？他是一個小孩？他是一個和尚？這一卷是用毛筆寫的？這一卷是用木棍寫的？當然，我看不到真正的敦煌卷子，只是看到粗糙的印刷品，我的分辨總是錯誤的。

二、石濤

《不二》不是敦煌卷子，雖然馮唐在「文一」裏寫到一本《不二甲乙經》，「枯墨畫着一個和尚……筆意近明末石濤」。

中國畫的用墨，的確和敦煌壁畫中的凸凹法有關（順帶說一句，《不二》最後部份，不二畫佛像的程序搞反了，佛像的畫法是先勾線後敷彩，眼睫毛之類的線描，不會留在最後部份畫），中國畫講究用墨，的確是從中唐開始，有一個叫張璪的，善用禿筆，不貴五彩。曹衣吳帶、畫能通神的時代，隨着安史之亂結束了，中國畫開始轉向世俗性，所謂南北宗，所謂文人畫和院體畫，都是圍繞着世俗性「螺旋式前進」的過程。

這個過程在明末產生了一個言語不清的突變體，就是石濤的「一畫」。馮唐在上面的句子裏寫到「筆意近明末石濤」，心中應該想到了石濤。《苦瓜和尚畫語錄》的第一章，「一畫之法，乃自我立。立一畫之法者，蓋以無法生有法，以有法貫衆法也」；第二章，「一畫明，則障不在目，而畫可從心。」「一畫」和「不二」，意思非常接近了。《不二》裏也寫到了苦瓜，「治療就先從處理陽盛開始，從瀉火開始。苦味瀉火……給弘忍吃的素食只剩苦瓜。」弘忍是不可能吃到苦瓜的，苦瓜隨着鄭和下西洋傳入中國。

三、恒春藤

弘忍吃苦瓜，只不過是馮唐隨筆而寫。另一種植物，馮唐就是有意的了，「恒春藤」，出現在小說的第二行。就是這個名詞勾引起我讀《不二》的興趣。

小說第十章〈西來〉中，不二和神秀溫習功課，「祖師西來意」的第一個答案就是「庭前恒春藤」。這個公案的原主角是著名的趙州從諗，原答案是「庭前柏樹子」。趙州老和尚的回答很家常，柏樹是可以種在院子裏面的，馮唐卻讓恒春藤長在了弘忍老和尚的院子裏，充當了「思春」的道具（第八章〈週期〉：「恒春藤花開的前後……莊陽公主月經初潮」），是因為恒春藤這個詞好聽嗎？

恒春藤應該是一種稀有植物，《祖堂集》裏說：「天寶三年，敕令中使楊光庭往司空山採恒春藤」，皇上李隆基要專門派太監去採。至於恒春藤究竟是甚麼，那就不知道了，植物學上沒有這個詞。

恒春藤這一段文字，講的是司空本淨的故事。司空本淨是六祖慧能的弟子，因為恒春藤被引薦給李隆基，在長安開了論法大會，「白馬寺惠真問：禪師說無心是道？師曰：然。問曰：道既無心，佛有心耶？佛之與道，是一是二？師曰：不一不二。」在這段辯論之前，本淨還有一段很漂亮的辯論，「師曰：小僧身心，本來是道。問：適來曰無心是道，今言身心本來是道，豈非相違？師曰：無心是道，心泯道無。心道一如，故曰無心是道。身心本來是道者，道亦本是身心。身心本既是空，道亦窮源不有。」司空本淨在六祖慧能的弟子中不算突出，這兩段辯論的確把「慧能禪」說清楚了。

四、紫藤

除了恒春藤，《不二》中的紫藤，也引我注意。

畫國畫的人，入門學畫紫藤，因為紫藤的線條比較複雜，可以練筆。紫藤畫得最好的當然是徐渭。但無論是在畫中還是在詩中，紫藤總是一個不太有品格的植物，尤其唐詩，很少寫到紫藤（註：因為初居北京，手頭無書可檢，憑印象寫來而已。上面《祖堂集》的引文以及以下將要引用到的，都是從百度檢索到的，可能有誤，概不負責）。

但紫藤在《不二》中位置突出，玄機院子中庭就種着紫藤，紫藤架下也上演着各種淫戲，第十一章〈枕草〉玄機寫信，開篇就是「黑夜裏，合歡花還是紅的，毛絨絨的，紫藤花還是紫白色的，和黑夜還是白天沒有關係。」我能夠想到的寫紫藤的詩，除了李白的一首《香風留美人》，就是白居易：「藤花紫蒙茸，藤葉青扶疏。誰謂好顏色，而為害有餘。……又如妖婦人，綢繆蠱其夫……」

《不二》中紫藤的出處，我找不到。紫藤和和尚有關係的詩，我也只查到「紫藤瘦倚背西風，歸僧自入煙蘿去。」這個出自《石門文字禪》，「宋迪作八景絕妙，人謂之無聲句。演上人戲餘曰：道人能作有聲畫乎？因為之，各賦一首。」這就是著名的《瀟湘八景》，從此成為繪畫的格套，「紫藤」那一句的標題叫《煙寺晚鐘》。

五、《甲乙經》和《大日經》

順帶說一下，白居易的弟弟白行簡寫有《天地陰陽交歡大樂賦》。這個千古奇淫之文，和《不二》似乎是隔千年的兄弟，筆燦蓮花，汁液橫溢。《大樂賦》藏在敦煌千餘年，後被伯希和發現，刊行於世。馮唐的《不二甲乙經》的「出土」過程，近似《大樂賦》。

「不二」是佛教詞彙，「甲乙經」卻是道教用語。《抱樸子》裏，把《太平經》和《甲乙經》並列，有學者認為《甲乙經》就是《太平經》的另一版本或者註釋本。如此看來，《不二甲乙經》有着融匯佛道或者「非佛非道，即佛即道……」的意思。

說到經書，《不二》裏還提到弘忍讀《大日經》，這個名字太引人遐想了。不過在小說設定的年代裏，弘忍讀不到《大日經》。《大日經》是密教經典，開元年間由善無畏和一行翻譯。

六、大日山與玄機

除了《大日經》，還有大日山。大日山據說在浙江瑞安。《不二》中，玄機是個尼姑，歷史上的魚玄機是個女道。在唐朝這個開放社會裏，女道和尼姑都有性自由。不過，馮唐狡猾大大的。的確，有個女道叫玄機，住在咸宜觀（「咸宜」這個詞也惹人遐想），是個風流人物，寫了不少詩，《不二》中用了她寫的詩。但在禪宗史上，還有一個尼姑叫玄機，著名的公案「日出溶雪峰」就是玄機尼姑的傑作。

《五燈會元》上有：「溫州淨居尼玄機，唐景雲中得度，常習定於大日山石窟中。一日忽念曰：法性湛然，本無去住。厭喧趍寂，豈為達耶？乃往參雪峰。峰問：甚處來？曰：大日山來。峰曰：日出也未？師曰：若出則熔卻雪峰。峰曰：汝名甚麼？師曰：玄機。峰曰：日織多少？師曰：寸絲不掛。遂禮拜退，才行三五步，峰召曰：袈裟角拖地也。師回首。峰曰：大好寸絲不掛。」《不二》第一章〈不掛〉，玄機和弘忍的對談，就脫胎於這裏。雪峰義存，唐末著名的禪師，和趙州從諗齊名，南雪峰北趙州，南慕容北喬峰也。關於雪峰，還有一個著名的公案，就是當頭棒喝。其他公案，諸如淘米、睡覺等等，就更多了。

玄機尼姑，就住在瑞安大日山。她的哥哥是個和尚，著名的永嘉玄覺。南禪慧能門下，一花五葉，其中一葉就是他。《永嘉證道歌》說：「一性圓通一切性，一法遍含一切法。一月普現一切水，一切水月一月攝。」

在《五燈會元》裏，玄機尼的這段故事，和上面所引「司空本淨」的故事緊挨着。馮唐熟讀《祖堂集》和《五燈會元》。「司空本淨」故事中那根藤，在《祖堂集》裏叫「恒春藤」，在《五燈會元》裏叫「常春藤」。

七、生支

既然考據癖到了尼姑，再多寫幾句無關宏旨的話。《五燈會元》裏的玄機尼是福建人，《不二》中的玄機來自敦煌。沙州有一個大乘寺，是敦煌最大的尼寺，據李正宇考證，吐蕃佔領初期的七八八年，該寺有尼姑三十四人，後期有尼姑六十二人，晚唐增至一百零五人，五代時增至二百零九人，北宋時猶存。

敦煌是個胡漢雜糅的地方，唐朝的長安也是，綠腰就有一半胡人血統，「左眼藍，右眼綠，在著名的開放城市敦煌街頭混大，來長安之前睡過二十四國的男人，他們分別相信七種宗教。」《不二》第七章〈花開〉寫到「送葡萄酒的龜茲婦女夾帶了十來個陽具進來」。這種東西，中華上國自古就有，李零對此考證甚詳，不過中國的小說，凡是奇技淫巧都喜歡歸之於洋人，所以賣春藥緬鈴之類玩藝的，都是胡僧胡婆子。洋人的這種東西這麼有名，除了他們的確做工好的可能性之外，另一個很重要的原因是，這玩意佛經裏記錄了，流傳廣泛。

周作人考證過，佛經裏這種東西叫「樹膠生支」，「生支」就是男人的那玩藝。在《根本說一切有部苾芻尼毗奈耶》（就是「尼姑戒律」）裏有一個尼姑用「樹膠生支」的有趣故事。我記得《四分比丘尼戒本》中，「樹膠生支」譯成「胡膠生支」，但我沒有BAIDU到。只找到了《十誦律》裏這個故事的另一個譯本：「佛在舍衛國，時偷蘭難陀比丘尼以樹膠作男根，繫着腳跟，後着女根中。時失火，燒比丘尼房舍，偷蘭難陀比丘尼忘不解卻走出房外。」

偷蘭難陀比丘尼，是佛教史上最幽默的女尼姑，很多尼姑的戒律條文前都要先講一個她的段子。實際上，佛對偷蘭難陀比丘尼很理解很寬容，對上述事件的處罰只是「波夜提」而已。《十誦律》的同一部份，還規定了各種女尼春心難耐而犯禁的處罰：「若比丘尼作男根着女根中，波夜提。若比丘尼以樹膠作男根着女根中，波夜提。若韋囊若腳指，若肉臠若藕根，若蘿蔔根若蕪菁根，若瓜若瓠若梨，着女根中，皆波夜提。若着他比丘尼女根中，突吉羅。」「波夜提」和「突吉羅」，在佛教中都屬於輕罪，和衣衫不整、露齒而笑類似，做下懺悔就行。

從上引段落可看出，女尼所使用的代用品非常廣泛，並且家常。《不二》的〈花開〉部份，列舉了七種材質的男根代用品，玄機也是一個葷腥不忌的尼姑。原本，在小乘佛教中，性這方面的戒律就比較輕，「色戒」是大乘傳入中國，逐步本土化，在晚唐之後感染上了中國本土的禁慾主義潮流。《不二》中玄機所處的時代，正是女權大張的時候，武則天不僅當尼姑，而且搞和尚，咸宜庵中收藏一些珍品生支，是一件正常的事情。

八、鎖骨

和佛教中國化有關，也可以和「玄機渡不二」（「入不二」？）生拉硬扯上關係，就是觀音的中國化。在印度佛教中，作為菩薩的觀世音是男相的，來到中國卻逐漸女相化，這個過程就發生在唐代。

在初中唐，傳説中的觀音還是化身為一個老頭（敦煌壁畫中，觀音長鬍子）。而到了唐代後期，就變成女性了，不僅女性，而且是貌美風流的女性。《續玄怪錄》中有一段「鎖骨菩薩」的故事：「昔延州有婦人，白皙，頗有姿貌，年可二十四五，孤行城市，年少之子，悉與之遊，狎昵薦枕，一無所卻。數年而歿，州人莫不悲惜，共醵喪具，為之葬焉。以其無家，瘞於道左。大曆中，忽有胡僧自西域來，見墓，遂趺坐，具禮焚香，圍繞讚嘆數日。人見謂之曰：此一淫縱女子，人盡夫也。以其無屬，故瘞於此，和尚何敬耶？僧曰：非檀越所知，斯乃大聖，慈悲喜舍，世所之欲無不徇焉。此即鎖骨菩薩，順緣已盡。聖者雲耳不信，即啓以驗之。衆人即開墓，視遍身之骨，鈎結皆如鎖狀，果如僧言。州人異之，為設大齋起塔焉。」

由鎖骨菩薩轉化為鎖骨觀音，又轉化為魚籃觀音，逐步形成女性化的觀音形象。玄機是不是鎖骨觀音/鎖骨菩薩，馮唐沒寫。在第七章〈花開〉裏，幼女玄機和父親踏青，就曾想像過變成菩薩，「玄機想變成那種河邊被少年偷看的婦人，高髻，大奶，或者變成廟裏的菩薩……父親說，還是做菩薩吧，水邊的大奶婦人基本都是官妓或者野雞。」

九、入不二

《不二》中玄機的形象，融合魚玄機和玄機尼姑，也許還有鎖骨菩薩的影子。《不二》中不二的形象來自哪裏？首先不是來自馮唐自己。如果要在《不二》中找一個像馮唐的，那就是韓愈，「富貴不能淫，威武不能屈。詩文佛理我教天下，文字打敗時間。買我的房，休想」，很像馮唐站在四合院門口抗拆遷的樣子。

「不二」是佛教用語，很多佛經裏都有。比較有名的是《維摩詰經》（前面說到的永嘉玄覺，就是從《維摩詰經》開悟，後拜慧能為師），有《入不二法門品第九》，「爾時維摩詰謂衆菩薩言：諸仁者！云何菩薩入不二法門，各隨所樂説之？」諸位菩薩牛哄哄地說完之後，「時維摩詰默然無言。文殊師利嘆曰：善哉！善哉！乃至無有文字語言，是真入不二法門。」沒有文字，不立文字，很接近禪宗的觀點了。

在這裏，「不二」和《不二》的結尾產生了矛盾。小説結尾，不二跑去敦煌畫菩薩像，就不是禪宗得道大師的行動了。

佛的造像，有好幾個階段。大致來説，在開始時期，佛是沒有形象的，佛教不拜偶像，佛教徒的崇拜物是窣堵波—塔，象徵着佛的法身。最早的佛教徒修行場所是塔窟，以塔為中心的洞窟，然後慢慢發展成塔窟寺。不拜偶像，不利於教義的傳播，於是慢慢有了佛的形象，並且講究起「觀想」，其中就有想像佛的各種相（我前段時間還請人刻了方印章：「見過去現在未來諸佛」）。造像和佛畫，對信徒來説是為了敬拜，對僧侶來說是為了觀想。唐以前，北方的很多大路中央都建有非常高的造像碑、佛塔、經幢，處於這些宗教紀念物的影子範圍內，就相當於唸了一遍經。如今西藏四處可見的經幡，也是這個目的。

但佛教裏還有一些經的教義不強調這一套，《金剛經》說「凡所有相，皆是虛幻」。慧能禪的入門就是《金剛經》，《六祖壇經》裏也有「無相說」。慧能禪在中晚唐的興盛，和它的破除偶像、回歸原教旨有很大關係。這一時期，也是中國佛教繪畫的轉變期，吳道子之類的「通神型」大壁畫逐漸隱退（當然也沒有完全消失），禪畫開始興起。

玄機入不二，被不二畫成佛，不二這就不是不立文字了。

十、二

既然開始寫「不二」，索性寫一下「二」，恰好也和《不二》能拉扯上關係。《不二》裏有一個弘父，「在燒他的蠟燭快要熄滅之前，引燃另外一支蠟燭，在這支蠟燭熄滅之前，再引燃第三支蠟燭，如此，讓火長明不息」，後來跑到長安建了祆祠。祆教是粟特商人信的教，在唐朝興旺過一段，又稱拜火教。祆教的一支叫摩尼教，在中國比較有名。金庸小說裏寫到過，但那是金庸上了吳晗的當。朱元璋的明朝和明教沒關係，吳晗標新立異想搞噱頭，把八杆子打不着的摩尼教與白蓮教扯到了一起。

祆教本名瑣羅亞斯德教。這個教太厲害，一神二元三際，不拜偶像，影響遍世界大宗教。一神就是唯一真神，二宗就是光明與黑暗，三際就是過去現在未來。二宗延伸出很多概念，比如天堂與地獄（基督教和佛教中，這個觀念很重要）、善與惡等等。佛教，尤其是勢力龐大的淨土宗，講果報，講善惡，講天堂地獄，講過去現在未來，講很多很「二」的東西。但禪宗不講這些，所要破的就是這些「二」。禪宗講的是「不二」，「人佛不二」、「心佛不二」，也就是《壇經》中的「我心自有佛，自佛是真佛」。

十一、不二

禪宗講「心」，神秀、慧能鬥法的那兩個偈子，被稱為「呈心偈」。慧能在廣州落髮的時候，還有「心動幡動」的公案傳世。講「心」，並不自慧能開始，而是自弘忍開始。所以弘忍的教派被稱為東山法門，南北禪宗都要奉弘忍為祖師。早期禪宗注重《楞伽經》，弘忍引入《金剛經》，「應無所住而生其心」。所謂「禪宗三經」，一般指《楞伽經》、《金剛經》、《維摩詰經》，最後的《維摩詰經》是前述玄機尼姑的哥哥永嘉玄覺重視起來的。弘忍之後的禪宗南北宗，北宗神秀一脈重《楞伽經》，南宗慧能一脈重《金剛經》。

但神秀或慧能，是弘忍的衣鉢傳人嗎？馮唐說，不是，不二才是。那麼，誰是不二？馮唐肯定不是，他要做韓愈，破了玄機處的男人，而不是被玄機破除的男人。《不二》的第二句，點明了小說的時間，「唐高宗龍朔元年，西元六六一年。」南北宗的禪宗史，都以龍朔元年為分界點。在這之前，禪宗傳承清晰，在這之後就亂套了，越來越亂，所謂一花五葉，就是誰都不服誰，大家都是老大。

龍朔元年，神秀和尚離開馮牧山東山道場，慧能和尚來到東山道場，二個人有可能見面也有可能擦肩而過。那時神秀五十多歲，慧能二十多歲（具體歲數，史無定文，這裏就不考據了，太繁瑣），還沒剃度。南宗說慧能得了弘忍的衣鉢，連夜跑走了；北宗說神秀被弘忍引到上座講經，弘忍公開宣佈神秀是傳人。但禪宗在這之前的傳承，都是老和尚臨死前，當衆指定一個小和尚做老大。弘忍死於上元元年，公元六七四年，距離龍朔元年的公元六六一年，差了十來年。在龍朔元年，弘忍身體棒精力旺，在佛教界正是一顆冉冉升起的明星，怎麼能夠這麼輕易就把衣鉢傳出去了？

在禪宗史上，有一個悲慘的和尚叫法如。記錄法如得到衣鉢的《傳法寶記》被埋藏於敦煌千餘年，「道信傳弘忍，弘忍傳法如，法如及乎大通。」大通就是神秀。這裏的「及」是兄終弟及的意思。六祖法如死的比較早，五十二歲就死了，死後衣鉢和弟子都歸了在北方活躍的神秀（七祖），後來又被神秀的弟子普寂直接從宗譜中除名，因為普寂自己想當七祖。當時和普寂對抗的慧能弟子神會，自稱是禪宗七祖，普寂如果自稱八祖，就比對手矮了一輩。

不二是法如嗎？《傳法寶紀》裏説，法如十九歲拜弘忍為師，隨伺弘忍十六年而得衣鉢。弘忍死於六七四年，倒退十六年便是六五八年。《不二》第一章的時間是六六一年，此時不二小和尚「入寺已經五年，掃廁所已經五年」，不二入寺世間是六五六年，與法如入東山寺的時間相差兩年。如果考慮到計數的四捨五入掐頭去尾等因素，馬馬虎虎彌縫得上。公元六六一年，龍朔元年，法如正是龍精虎猛的棒小夥，被玄機破處很有可能。

法如沒有死在敦煌，而是死在了著名的少林寺。不過《不二》本來就是一本小説，考究細節是沒有意義的。

十二、多寶格

《不二》是一本小說。一本小說落到考據癖手裏就變成這樣，言語無味，囉里囉嗦。之所以考據《不二》，一是因為誇馮唐的人太多，尤其是開誇馮唐語言好，天花亂墜、汁液橫飛之類，二是因為《不二》勾引起我閱讀的慾望。最近五年，能讓我一口氣讀完的小說，《不二》算是唯一一部。我讀一本好的小說，讚嘆之餘，更想知道作者是怎麼寫出來的，就需要對小說中的一些細節進行「索引」。假我以時間，我就想寫一本《紅樓夢索引》。

我判斷一個小說好不好，我願不願意讀下去，只憑藉小說前三句。好的小說，都有着好的開頭，交代人物的衝突和空間的架構。《不二》的第一句和第二句，「尼姑玄機問禪宗第五代祖師弘忍：你想看我的裸體嗎？這是唐高宗龍朔元年，西元六六一年。」。表面上是一個囉嗦的句子，但通過囉嗦的定語把小說的全部衝突交代出來了，又通過時間限定，把時空拉出來了。這兩句，加上第三句的「恒春藤」，構成了這部小說的三個要素：色空衝突、深遠的時空、經典的結構（小說的「文一」如果挪到開頭部份，就是一個「俄羅斯套娃」）。

《不二》不僅是一個「俄羅斯套娃」，還是一個「中國套盒」。「中國套盒」是略薩的說法，他實際上說的還是「俄羅斯套娃」。我所說的「中國套盒」，指的是「多寶格」，故宮裏有很多。一個盒子裏分成很多空間，每個空間放着不同的精美微型器物，以供賞玩。

《不二》有着足以構成長篇小說的龐大開局，但只寫了九萬字。我在讀開頭三句的時候，完全沒有想到它只有九萬字。《不二》中，人物雜多，每個人物的故事實際上是獨立的；這些人物又都有「歷史背景」，在歷史中處於不同時空，然後被一格格地放進《不二》這個盒子裏，既可以整體欣賞，每個片段和人物又可以拿出來單獨閱讀。馮唐在〈文四：代跋：我為甚麼寫黃書〉中說：「開始構思《不二》的時候，想分甲乙卷，甲卷寫禪宗在中晚唐的西安，乙卷寫禪宗在中晚唐的敦煌。」但小說的時間卻限定在龍朔元年，這是初唐的年份；小說人物上起弘忍，下至韓柳（不二姓柳，是柳宗元的弟弟，^_^）。和魚玄機。他的構思是一個七寶樓台，結果是一個多寶格。《不二》為甚麼會發生這樣巨大的時空和結構變化，這是我的疑惑。

多寶格裏的寶，越多越好，越精緻越好。《不二》在這一點上令人嘆為觀止。即使小人物如老張如雲茂如不二一家人，故事都精彩，內容豐沛，皮薄肉厚汁多。《不二》這個多寶格裏，塞滿珍珠瑪瑙，不依靠線，只依靠珍珠瑪瑙自身的光澤，熠熠生輝，流光遍野，璀璨婀娜。但總有考據癖如我這樣的讀者，想問馮唐，你為甚麼這樣寫？

我的疑惑是，為甚麼設置韓愈這個角色？在這個故事中，把韓愈置換成李白杜甫也可以，置換成王維也許更合適。為甚麼偏偏是老古板韓愈呢？僅僅因為不二姓柳嗎？《不二》的時間如果設置在中晚唐，我能理解韓愈入幕的理由。一是韓愈僻佛，是武宗滅佛的主力幹將，二是韓愈學習禪宗的宗譜理論，創立了儒家的道統，開啓兩宋道學之門。這足以構成「衝突」。

另一個疑惑是，為甚麼有信誠這個角色，並且佔的比重比較大。信誠是個歷史人物。公元六六八年，足智多謀的徐茂公終於奉高宗之命征高句麗，僧信誠打開平壤大門獻城而降，被唐朝封為銀青光祿大夫。第十二章〈無骨〉裏，信誠為甚麼給慧能設了個「美女陣」，要求他每年都要操高句麗第一美女（「睡我第一美女的責任是，每年不得不再睡她一次，否則自摸精盡而死」）？僅僅是瞧韓國人不順眼？接下來的第十六章〈詩賽〉、十七章〈衣鉢〉、十八章〈嶺南〉，一百高句麗武和尚為甚麼拚命保護慧能奪得衣鉢？《不二》中多次寫到要征高句麗，第十八章的結尾，「七年之後，唐高宗征高句麗……」，終於交代了征高句麗和信誠的結局，這一段和《資治通鑒》的記載完全一樣，馮唐沒有虛構。

馮唐在〈文四〉中說：「開始構思《不二》的時候，想分甲乙卷……寫作過程中，越來越覺得這樣太裝逼，太『二』了。決定還是按現在這個樣子，合在一起寫，淋漓而下，意盡而止。」在馮唐的構思和結果之間，出現了縫隙。為甚麼會出現這個縫隙，這是我想問馮唐的。

已寫了十二節，就此打住，再往下寫就變成十三點了。用考據的方法讀一篇元氣淋漓的小說，本來就是挺傻的。《不二》提供了足夠的細節，勾引起我的考據癖。期待下兩部，《天下卵》和《安陽》。我尤其對《安陽》感興趣，因為馮唐藏玉，《禮記》說「君子比德於玉焉」，「德」在上古三代，不是道德的「德」，而是一種神性，近似於巫術（「道」也是一種巫術，驅邪用的）。馮唐說：「《安陽》，着重於怪，醫學、巫術和古器物製作，科學的誕生，背景是夏商」。我喜歡巫術。

（附錄一句，實際上是前面說過的：因為手頭無書可檢，所謂考據，實際上全部依賴百度，標題也許應該叫「百度出的《不二》讀後感」。）

馮唐簡歷

男，1971 年生於北京，詩人、作家、古器物愛好者。1998 年，獲協和醫科大學臨床醫學博士。2000 年，獲美國 Emory 大學 MBA 學位。前麥肯錫公司全球董事合夥人。華潤醫療集團創始 CEO。現醫療投資，業餘寫作。

代表作：長篇小說《十八歲給我一個姑娘》、《萬物生長》、《北京，北京》、《歡喜》、《不二》、《素女經》，短篇小說集《天下卵》、《搜神記》，散文集《活着活着就老了》、《三十六大》、《在宇宙間不易被風吹散》，詩集《馮唐詩百首》、《不三》，翻譯詩集《飛鳥集》等。

Feng Tang, born 1971 in Beijing, novelist, poet, archaic jade and china collector, and private equity investor. He was a former gynecologist, McKinsey partner, and founding CEO of a large hospital group. He has published six novels including Oneness, one of the best selling novel in HK publishing history. He also published three essay collections and two poem collections. He was awarded 1st position of Top 20 under 40 future literature masters in China.

馮唐 作品

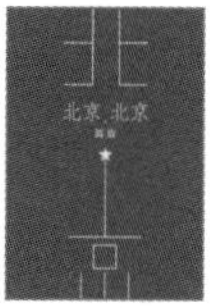

《北京·北京》

《十八歲給我一個姑娘》

《不二》

《搜神記》

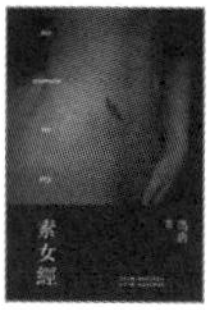

《素女經》

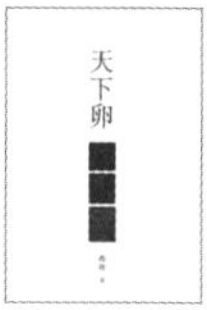

《天下卵》

《馮唐詩百首》

《萬物生長》

《三十六大》

《在宇宙間不易被風吹散》

《活着活着就老了》

www.cosmosbooks.com.hk

書　　名　不二（精裝）
作　　者　馮　唐
責任編輯　陳幹持
美術編輯　郭志民
拓片製作　王映暉
出　　版　天地圖書有限公司
香港皇后大道東109-115號
智群商業中心15字樓（總寫字樓）
電話：2528 3671　傳真：2865 2609
香港灣仔莊士敦道30號地庫／1樓（門市部）
電話：2865 0708　傳真：2861 1541
印　　刷　亨泰印刷有限公司
柴灣利眾街德景工業大廈10字樓
電話：2896 3687　傳真：2558 1902
發　　行　香港聯合書刊物流有限公司
香港新界大埔汀麗路36號中華商務印刷大廈3字樓
電話：2150 2100　傳真：2407 3062
出版日期　2018年6月／精裝版第一版

ISBN：978-988-8258-83-3